上巻　目次

一、はじめに　7
二、明月記の内容　12
三、出発地点の歌　22
四、初学百首　26
五、堀河題百首　40
六、定家の若き荒魂　50
七、二見浦百首　56

JN199886

八、殷富門院大輔百首 62
九、閑居百首 74
十、千載集成立の前後 81
十一、花月百首 87
十二、速詠の二百首 94
十三、十題百首 98
十四、いろは歌 108
十五、後白河の崩御 117
十六、母逝く 122
十七、六百番歌合 126
十八、韻歌百廿八首 142
十九、仁和寺宮五十首 159

二十、　院初度百首への道　171
二十一、院初度百首　190
二十二、奔流の、始まり　199
二十三、「老」の定家、「若」の後鳥羽院　207
二十四、後鳥羽院と〈遊び〉　216

装幀　桐畑恭子

下巻　目次

二十五、熊野御幸
二十六、熊野御幸と後鳥羽院の壮図
二十七、雪月花に浮かれること
二十八、身にしむ色
二十九、千五百番歌合
三十、　俊成卿九十の賀
三十一、俊成の死
三十二、新古今集の成立
三十三、良経、謎の急死
三十四、後鳥羽院と連歌と
三十五、名所の絵と歌
三十六、忍従の日々
三十七、実朝と定家
三十八、早梅、風の底に薫る
三十九、順徳天皇の和歌サロン
四十、　連続三回の「百首歌」に苦しむ
四十一、自選歌集と全歌集
四十二、承久の乱の前後
四十三、文化の伝播のために
四十四、つひの栖
四十五、庭を麦畑とす
四十六、最後の花々
定家略年譜
あとがき
定家和歌・初句索引

明月記を読む——定家の歌とともに（上）

一、はじめに

明月記は、いふまでもなく藤原定家の書いた漢文日記である。記述は治承四年（一一八〇年、定家十九歳）から嘉禎元年（一二三五年、七十四歳）まで、足掛け五十六年の長きに渡つてゐる。

[年齢は数へ年でしるす。以下同じ。]

ちなみに、定家の生涯に大きな影響を及ぼした後鳥羽院は明月記が書き始められた治承四年に生まれ、六十歳で隠岐に没してゐる。つまり明月記の執筆期間は、後鳥羽院の生涯にほぼ一致するゐる。欠落部分があるとはいへ、それほど明月記は長大なのだ。

明月記にはいろいろ興味深い事柄がしるされてゐるが、ほとんどすべて漢文で書かれてゐるし、またきはめて分量が多いので、これを通読することは難しい。『定家明月記私抄』を著した堀田善衛氏も、明月記のことを「誰もがその名を知りながら、少数の専門家を除いては、誰もが読み通したことがないという、それは異様な幻の書であった」と書いてゐる。

かつて私は事情があつて、読み下しの明月記を通読した。たとへば宮中行事の式次第をくはしく書いた部分などは無味乾燥で退屈だけれど、近隣で起きた事件や自分の病気のことや息子の行く末のことを心配した部分など、興味深い記事がたくさんあつた。

明月記を読みながら私は定家のことをあれこれ歌に詠んだ。「明月記」といふ一連六首がそれである。（歌集『雨月』所収）

隣人としたくなけれど「明月記」の定家は実直繊細の人
上流に非ざる公家《くげ》ら貧しくて庭を麦壠《ばくろう》となせり定家は
定家卿六十五歳にて子を生《な》しき身ごもりし若き小婢も哀し
みづからを老狂と呼び晩年の日々を連歌に遊び暮らせり
あけくれに写経なしつつ己《おの》が眼を〈衰老盲目〉と定家なげきぬ
朽ちし歯を糸まきて抜く老《らう》定家少年の日の如しと誌す

一首目は、定家に対する私の感想を述べたものである。二首目は、明月記の記述に沿つて詠んだ歌である。明月記の寛喜二年（定家六十九歳）に次のやうに記されてゐる。

《十月十三日。天顔快晴。午後陰《くも》り、夜に入りて大雨沃《そそ》ぐが如し。今日、家僕をして前栽（北の庭。）を掘り棄てしめ、麦壠となす。少分といへども、凶年の飢を支へんがためなり。嘲ふ莫《なか》れ。貧老他に計有らんや。》

この年は天候不順で凶作だつたらしく、同年九月三日にも、

《北陸道の損亡（寒気の故と。）近年此《かく》の如き事無し。田畝《でんぽ》立ち乍ら枯槁《こかう》するの由、面々に飛脚来たると。忠弘入道来談す。「四国又損ず」と。》

などの記事がある。こんな状況だつたので、定家は《貧老他に計有らんや》（貧しく老いた自分に、他にいい計画があらうか）と嘆きつつ、下僕に庭を掘らせ、麦畑としたのである。飢饉は全国的なもので、このあと十月十六日の記述にも、《万邦の飢饉、関東の権勢已下《いか》常膳を減ずるの由、閭巷《りよかう》の説耳に満つと》とある。意味は、「全国の飢饉は、関東の権勢ある者以下、日常の食膳を減らすまでになつてゐる由、世間の噂が耳に満ちるといふ」ぐらゐであらうか。

三首目も明月記の記述にもとづいてゐる。六十五歳の定家が若い小婢に子を産ませたのである。嘉禄二年八月二十四日に、《未《ひつじ》の時許りに雑人云ふ、「夜前より其の気有り。今日巳の時、女子を生む。殊なる事無く無為《ぶゐ》」と》とある。無為は、無事の意である。その後、《盛宣を以つて女児を迎へ寄せ、西の小屋に居住せしむ》（九月二十八日）、《今朝、中垣の辺りに於て初めて嬰児を見る》（十月五日）などの記述がある。

子供の数は正確に知ることは困難だが、父の藤原俊成は数多くの子供があり、九十一歳まで生きた。定家も同じく数多くの子供があり、八十歳まで生きた。親子そろつて、長寿多力多産の人であつた。（ただし、多くの子供のうち「家」を継ぐ資格があるのは、その一部である。）

六首目の抜歯の歌は、明月記の寛喜二年の記事から詠んだ作である。

《四月四日。朝陽雲を透し、巳後《みのち》天晴る。源氏を書くの間、口熱発《おこ》りて歯痛む。朽歯極めて弱し。苧《からむし》を付け、少年嬰児の如く引き落とし了んぬ。》

六十九歳の定家がカラムシで作つた糸を歯に巻き付け、子供がするやうにぐいと引いて歯を抜いたのである。抜く前も、抜いた後も痛かつたであらう。定家のしかめ面が目に浮かぶやうだ。

先に述べたやうに、私はある事情があつて、読み下しの明月記を読んだ。堀田善衛氏は『定家明月記私抄』のはじめの方に、かう書いてゐる。

「もとより私はこの漢文書き下しの、癖の多い文章を、いまにしても自由に読みこなせているわけではないので、読み違えたり、とんでもない解をつけたりもするかもしれない。今川文雄氏の『訓読明月記』（河出書房新社）が刊行されなかったならば、私にしてもこのようなものを書き出そうとはしなかったであろう。」

今川氏の『訓読明月記』（全六巻）は、昭和五十二年〜五十四年に刊行された。河出書房新社でこの本の編集を担当したのが私であつた。ある事情云々とは、本を刊行するために読んだことをいふ。私はさういふ形で明月記に親しんだのである。

明月記は漢文で書かれてをり、一般人（私もその一人だ）にはとても読めない。だから、訓読した明月記があると非常に有益だ。さう思つてこの訓読本を刊行した。私は昭和四十八年、塚本邦雄著『定家百首』を刊行したあと、この『訓読明月記』を出し、さらに久保田淳著『藤原定家全歌集』上、下（昭和六十年、六十一年）、及び今川文雄著『明月記抄』（昭和六十一年）を担当した。いはば「ゆるやかな定家三昧」といふところである。といつても私は決して定家全体を知り尽くしたわけではなく、ただ定家に関する知識の断片が少しばかり脳の中に散らばつて漂つてゐる、といつた感じなのである。

『明月記抄』は、『訓読明月記』の抜粋本で、およそ全体の七分の一ぐらゐの分量が収められてゐる。面白い所や大切な所は、だいたいこの『明月記抄』に入つてゐる。この本を担当して私は明月記を再読した。先程の『雨月』所収の六首は、その時の副産物みたいなものである。

二、明月記の内容

明月記の内容は多岐にわたるが、それらは幾つかに分類することができる。

ａ、社会・世相について述べたもの。

ｂ、公的生活について述べたもの。

ｃ、家庭・家人について述べたもの。

ｄ、私的感懐をしるしたもの。

ｅ、病気に関する記述。

ｆ、自然描写。

ｇ、和歌関係の記述。

たとへば、先に挙げた飢饉の記事はａに属し、麦畑のことはｃに属し、抜歯の話はｅに属する。ただしそれぞれの境界は必ずしも明確ではなく、したがつて分類はあくまでも便宜的なものである。以下、明月記の中から幾つかの記事を抜粋し分類してみよう。

【a、社会・世相について述べたもの】

○治承四年（十九歳）

《九月（日付ナシ）。世上乱逆追討耳に満つといへども、之を注せず。紅旗征戎《こうきせいじゆう》は吾が事にあらず。陳勝・呉広は大沢より起こり、公子扶蘇・項燕と称するのみ。最勝親王の命と称し、郡県に徇《あま》ねし。或は国司に任ずるの由、説々憑《たの》むべからず。「右近少将維盛朝臣を追討使と為《な》し、東国に下向すべし」の由、其の聞こえ有り。》

「紅旗征戎は吾が事にあらず」の言葉で有名な箇所である。世間に背を向けるやうな発言がいかにも定家的だ。この部分は後年書き加へたもの、といふ説があるが、久保田淳氏は「これはなお慎重な検討を要する問題であろう」（ちくま学芸文庫『藤原定家』）としてゐる。

なほ、「陳勝・呉広は……」以下の部分は、事件を中国の故事になぞらへてゐる。今川文雄氏は『明月記抄』の頭注で「源氏の挙兵を、秦の始皇帝没後すでに殺されていた扶蘇と、行方不明の項燕の二人の名を借りて陳勝・呉広が大沢に兵を挙げたことにたとえた」と記してゐる。

【b、公的生活について述べたもの】

○建久九年（三十七歳）

《二月廿五日。天晴る。殿より仰せて云ふ、「竹に雪降る古歌、小々注進すべし」と。予、此の仰せを蒙るの後、三代集并《なら》びに後拾遺・金葉集を引き見るの処、竹に雪降る歌無し。近代常

に詠む歌なり。（中略）崇徳院百首堀川百首、并びに千載集を予はり《たま》、二首書きて持ち参ず。》

（二月二十五日。天晴る。兼実《かねざね》公より仰せて言ふ、「竹に雪降る古歌、少しばかり注進すべし」と。予は、この仰せをうけたまはつた後、古今・後撰・拾遺集ならびに後拾遺・金葉集を調べたところ、竹に雪降る歌は無かつた。近年ではいつでも詠む題材である。（中略）崇徳院百首ならびに千載集を拝借し、二首書いて持参した。）

定家は専門歌人だから、主君の九条兼実から古歌探しの仕事を命じられたりするのである。この記事はbであると同時に、gにも属する。

【c、家庭・家人について述べたもの】

○建保元年（五十二歳）

《四月十二日。女房示すに依り相謁す。語りて云ふ、「明旦早々此の御方の近習等、上皇御前に於て蹴鞠あるべし。少将其の内に在り。頗る存ずべし」といへり。此の事を聞き、心中周章す。》

後鳥羽院の蹴鞠の遊びに、少将（息子の為家）が引き込まれてゐるのを知らされ、驚いてゐるのである。さらに翌月、次のやうに書いてゐる。

《五月十六日。少将為家、近日日夜蹴鞠。両主好鞠《かうきく》の日に遇ひ、憖《なまじ》ひに近臣となる。（中略）予は元来胤子《いんし》少なし。僅かに二人の男、已《すで》に仮名の字を書かず、家の滅亡兼ねて以つて眼に存す。》

（為家は、このごろ、日夜蹴鞠に熱中してゐる。後鳥羽院・順徳天皇ともに蹴鞠好きな主君だ。こんな御代になまじつか臣下となつてしまつた。（中略）予はもともと跡継ぎの男子が少ない。僅かに二人ゐるが、もう和歌を作る気配もない。家の滅亡があらかじめ眼に見えてゐる。）

悲嘆にくれた書き方である。このとき為家は十五歳。遊びざかりの若者といつたところである。為家は歌をやめたわけではないのだが、しかし定家は親として心配なのだらう。末尾のところに、「悲泣の余り此の事を注す」と書いてゐる。

【d、私的感懐をしるしたもの】

〇正治二年（三十九歳）

《三月廿二日。（中略）連々甚雨、又是れ炎旱の端《たん》か。天下替らず。貧人のため先づ以つて歎きと為す。荒屋漏湿、林宇に異らず。事に於て貧乏なり。生涯憑《たの》む所無し。》

いつまでも雨が降り続く。定家は雨漏りする家の中で「まるで林の中にゐるやうだ」と呟く。このやうに貧窮を歎く記述は明月記の中に数多くある。

【e、病気に関する記述】

〇治承五年（二十歳）

《四月十六日。天晴る。未《ひつじ》の時以後、心神怱ち悩む。温気《をんき》火の如し。今に於ては更に身命を惜しまず。但し病躰太《はなは》だ遺憾、前後不覚なり。》

○嘉禄二年（六十五歳）

《四月六日。（中略）心寂房、嵯峨より蛭《ひる》を送る。よつて頤《おとがひ》の辺りに之を飼ふ。面上の雑熱に依るなり。》

病気の記述は、貧を歎く記事よりも更に多い。いろんな病気があつていろんな治療法があることが分かり、意外に面白い。蛭もときどき登場する。「蛭を飼ふ」とは悪血《をけつ》を吸はせるために蛭を患部に置くことをいふ。心寂房は定家の主治医である。

明月記を読むと、定家のいろいろな側面が見えてくる。全体を通して、まづ、孜々《しし》として公務に励む定家の人間像が浮かんでくる。しかし体は頑健ではなく、ときをり発熱したり種々の病気にかかつてゐる。経済的にも裕福ではなく、みづからの貧を嘆く記事がしばしば出てくる。一日一日の出来事や巷間の噂などを克明にしるしてゐるのは、几帳面でちよつとモノマニア的な性格を示してゐよう。遊興にはあまり興味がなかつたやうで、深酒をして酔ひ潰れたといふ記事もない。あまり口数の多い人ではなささうだ。

もしも、こんなマジメ人間が隣に住んでゐたら付き合ふのはしんどいだらう――さう思つて私は、前章で挙げたやうに「隣人としたくなけれど『明月記』の定家は実直繊細の人」といふ歌を作つた。しかし、もし定家が酒のいける人だつたら、一緒に飲みながら話を聞いてみたいとも思ふ。酔へば定家は、不羈奔放な後鳥羽院のふるまひを批判したり、宮仕への辛さを嘆いたり、あるいは歌人だれそれの歌の下手さ加減をなじつたり、といふことになるに違ひない。

さて、残りのf、gについて触れておく。

【f、自然描写】

既述のごとく、明月記は治承四年二月から始まる。定家十九歳。冒頭近く二月十四日に次のやうな自然描写がある。ここでは明月記の雰囲気を知つてもらふために原文を引用し、後ろに読み下し文を掲げる。

十四日、天晴、明月無片雲、庭梅盛開、芬芳四散、家中無人、一身徘徊、夜深帰寝所、燈髣髴、猶無付寝之心、更出南方見梅花之間、忽聞炎上之由、乾方云々、太近

《十四日。天晴る。明月片雲《へんうん》無し。庭の梅盛んに開き、芬芳《ふんぱう》四散す。家中人無く、一身徘徊す。夜深く寝所に帰る。燈《ともしび》髣髴《はうふつ》として猶《なほ》寝に付くの心無し。更に南の方《かた》に出で梅花を見るの間、忽ち炎上の由を聞く。乾《いぬゐ》の方と云々。太《はなは》だ近し。（下略）》

十四日の月だから、ほぼ満月である。定家は月夜の景の美しさをゑがく。月に雲無きを言ひ、梅の満開を言ひ、その香り良きを言ひ、夜の静寂を言ひ、眠ることを惜しむ心を言ふ。まことに美しい文章である。「明月無片雲」以下、八つの短文を一かたまりとして読むと、さながら一篇の漢詩のやうだ。いたづらをして、ちよつと字を補つてみたらどうか。たとへば、「明月無片雲／庭梅盛開花／芬芳満四散／家中無人声／一身暫徘徊／夜深帰寝所／燈髣髴照梅／猶無付寝心」とでもすれば、いはゆる五言律詩になるのではないか、と思つたりする。もつともこれは、字数を合せただけのシロモノである。愚かなことをするな、と定家から叱られさうだが、とにかく明

月記は単なる雑文ではなく、文学的意識を混じへて書かれた日記である。また、（下略）のところは次のやうな文章が続く。

《須臾《しゆゆ》の間、風忽ち起こり、火は北の少将の家に付く、即ち車に乗りて出づ。其の所無きに依り、北小路の成実朝臣の宅に渡り給ふ。倉町等片時《へんじ》に煙と化す。風太だ利《と》しと。文書多く焼け了んぬ。》

北の少将とは、父・俊成のこと。火の手が早く、たちまち俊成の家に燃え付いたので、車で駆けつけた。俊成は急いで成実朝臣の家に避難された。倉町など、またたく間に煙となつた。風がはなはだ強かつたさうだ。多くの文書が焼け失せてしまつた、といふ内容である。

火事の記述は、以後しばしば出てくる。火事に限らず、見たものを詳しく描き、聞いたことを漏らさず記録しようとする――これが定家の基本姿勢である。同年四月には次のやうな記事が見える。

《廿九日。天晴る。未《ひつじ》の時許り雹降る。雷鳴先づ両三声の後、霹靂《へきれき》猛烈なり。北の方に煙立ち揚がる。人、焼亡を称《とな》ふ。是れ飃《つむじかぜ》なり。京中騒動すと。木を抜き沙石を揚ぐ。人家門戸并びに車等皆吹き上ぐと。古老云ふ、「未だ此の如《かく》き事を聞かず」と。前斎宮四条殿殊に其の最と為《な》す。北壺の梅の樹、根を露《あらは》して仆れ、簷《のき》に懸かりて破壊す。権右中弁の二条京極の家、又此の如しと。》

強風及び落雷によつて京全体が大きな被害を受けたことが、具体的に記されてゐる。いくぶん漢文独特の誇張があるにせよ、具体的記述、あるいは客観的描写が定家の文章の骨格をなしてゐることが分かる。もう少し自然といふものに対する関心を述べた記事を挙げよう。

○嘉禄元年（六十四歳）

《正月廿八日。朝より天陰《くも》る。夕に雨降る。仁和寺南辺の墻根《かきね》に単《ひとへ》の紅梅を昨日見る。法眼に語り、今日取り寄せて南庭に栽《う》う。早速《はや》く開くに依るなり。》

《二月十五日。天晴れ、風強し。今日思ふ所有りて夕陽を拝す。西日山に入り、東月初めて昇る。桜の早き花一両開き、梅花未だ落ちず。春の風景、自然《じねん》感を催す。》

どちらの文にも、自然の景物に対する愛着がにじんでゐる。定家の歌は必ずしも近代以降のリアリズムの歌と同質ではないが、感情の動きは私たちとあまり変らない、さう思はせる文章である。

【g、和歌関係の記述】

歌に関する記述は数多く見える。中には些細なものもあるが、しかし重要な事柄も多く記されてをり、和歌史上、明月記は欠くことのできない重要な文献となつてゐる。ここでは、その中から一つだけ重要な記事を紹介しておかう。

○建仁二年（四十一歳）

《三月廿二日。天晴る。召しに依り又大臣殿に参ず。終日往反す。秉燭《へいしよく》の程、御共して院に参ず。今夜、和歌六首。（其の内三躰を詠進すべきの由仰せ有り。極めて以つて叶ひ得難し。）亥《ゐ》の時許りに和歌所に出でおはします。召し有りて御前に参ず。仰せに依り和歌を置く。又仰せに依り読み上ぐ。喚《かん》に応ずる輩、長明・家隆・定家・寂蓮・座主・大臣殿。御製の外六首。有家・雅経催し有れど参ぜず。（所労と。）自余《じよ》催し無し。今夜の歌各々宜し。（中略）大《おほい》ニフトキ歌（春・夏）。からび（ヤセすごき由なりと。秋・冬。）艶躰（恋・旅。）と。》

「三躰」は三体に同じ。少し語注を加へると、大臣は藤原良経。秉燭は火ともしごろ、夕暮れ。亥の時は午後九〜十一時ごろ。自余はその他。

　大意は次の通り。

（三月二十二日。天晴る。召しに依り、また良経邸に参上する。終日行き来する。夕暮れ、御供をして後鳥羽院のもとに参上する。今夜は和歌六首。（その内、三体和歌を詠進すべき由、仰せがあつたが、きはめて実現しがたい。）夜九時ごろ後鳥羽院が和歌所にお出ましになる。召しが有つて御前に参上する。仰せによつて歌を取り出す。また、仰せによつて読み上げる。召喚に応じた者は、鴨長明・藤原家隆・定家・寂蓮・慈円・良経殿である。（中略）院の御製のほか、六首。藤原有家・飛鳥井雅経は呼び出されたが参上せず。（病気だといふ。）ほかに呼び出された者はゐない。今夜の歌はみな出来がよい。）

　そして最後の部分はメモふうな書き方なので、補足的に意訳すれば、（院からの要望は、春夏の歌はゆつたりした大柄な歌を、秋冬の歌は「からび」すなはち痩せて凄みのある歌を、恋と旅の歌は艶な趣きのある歌を、とのことであつた）といふことであらう。難しい要望なので、有家と雅経は恐れをなして欠席したやうだ。

「三体和歌」とは、春夏秋冬および恋と旅の歌、計六首を三つのスタイルで詠み分けたものをいふ。『和歌大辞典』を見ると、細谷直樹氏が「後鳥羽院にすれば、一座の座興にすぎぬ試みであったろうが、この三体は院のかねての抱懐する和歌の代表的な姿であり、俊成が心および姿に関して抱いていた三つの重要な理念である長高体・幽玄体・優艶体をおのずからのかたちで継承しており、定家の十体観へと展開する契機を内蔵する点で注目される」と解説してゐる。

霜まよふ小田のかりいほのさむしろに月ともわかず寝《い》ねがてのそら
はまちどりつまどふ月の影寒し蘆のかれはの雪のした風

この日、定家の詠んだ秋冬の歌は右の通りである。「からび」は「枯らび」で、枯寂の趣きをいふが、単にそれだけでなく、そこに鬼女の舞ふやうな妖しい美がかすかに添つてゐるものをいふ。それは新古今時代に生まれた新しい美の概念で、定家の歌の特徴の一つでもある。

以上で明月記についての概括的な紹介は一応終りとし、このあとは定家の歌を中心に置いて明月記を読んでゆくことにする。

三、出発地点の歌

歌のテキストには、河出書房新社版『藤原定家全歌集』上・下（久保田淳訳注）を用ゐる。上下二巻に合計四六〇八首の定家作品が収められ、一首一首に丁寧な訳及び注が付けられてゐる。

新古今時代を代表する六歌人の〈家の集〉を六家集《ろくかしふ》と呼ぶ。俊成『長秋詠藻』、良経『秋篠月清集《あきしのげつせいしふ》』、慈円『拾玉集』、定家『拾遺愚草』、家隆『壬二集《みにしふ》』、西行『山家集』の六冊がそれである。どれも独特のネーミングである。この中で『拾遺愚草』とはどんな意味か。

『藤原定家全歌集』下巻解説に次のやうにある。

〈この家集は建保四年（一二一六）三月十八日、定家が五十五歳で参議治部卿兼侍従であった時に一旦成立し、その後最晩年の天福元年（一二三三）十月十一日七十二歳で出家した頃まで、さまざまな機会に詠まれた作を増補して、現在見るような内容の集となった。

識語によれば、書名の「拾遺」には二重の意味が籠められている。すなわち、定家は建保四年二月『定家卿百番自歌合』を自撰した。その遺《のこ》りを拾うという意味がその一である。次に、養和元年（一一八一）「初学百首」を企てた時、「拾遺（侍従の唐名）之官」に在ったが、この集を編んだ現在再び同じ官に在るということが、その二である。「愚草」はもとより謙辞で、この集が自撰家集であることを物語っている。〉

つまり集名は、「拾遺（侍従）をつとめてゐる者の、愚かな詠草」の意である。謙退の気味が強く、かすかに自虐のニュアンスが漂ふ。『拾遺愚草』は上中下三冊から成る。そこから漏れた歌を、後日、定家自身が集めたものを「拾遺愚草員外《ゐんぐわい》雑歌」と呼ぶ。後年、そこにも入つてゐない歌が人の手で集められ、「拾遺愚草員外之外」と名付けられた。『藤原定家全歌集』は正篇三冊のほか、員外雑歌、員外之外を収め、さらに〈補遺〉も加へた完璧な全歌集である。

さて定家の歌に入らう。

『藤原定家全歌集』（以下、『全歌集』と略す）下巻の年譜によれば、現在知られる最も古い作は、「別雷社歌合」に出された次の三首である。なほ、私意によつて、送り仮名を付けたり、振り仮名を増減したり、また文字の表記を変へることがある。例へば「立ならぶ」を「立ちならぶ」としたり、「ふか〻らぬ」を「ふかからぬ」とするたぐひである。これは全て、読みやすくするためである。

霞

神山の春の霞やひと知らにあはれをかくるしるしなるらむ

花

桜花また立ちならぶ者ぞなき誰まがへけむ峯の白雲
　　述懐
ふかからぬ汀にあとを書きとめてみたらし川を憑《たの》むばかりぞ

治承二年、十七歳の時の作。「別雷社」とは賀茂別雷神社《かもわけいかづちじんじや》のこと。一首目は「神山の春の霞は、人知れず賀茂の御神が私に憐れみをかけて下さる験《しるし》であらうか」の意。三首目は「深くない汀に歌を書きとめて、御手洗川を（賀茂の御神の恵みを）お頼みするだけです」の意。『全歌集』頭注に、「ふかからぬ」は「御手洗川の浅いことに自らの詠草の心の浅いことを掛けるか」とある。神社に因む歌合だから、神への敬意を帯びた歌となつてゐるのだらう。二首目は「桜の花の美しさは、立ち並ぶものがゐない。だれがこれを峯の白雲と見誤つたのだらうか」の意で、古今集ふうの理屈つぽさを持つた歌である。

このころ、残念ながら明月記はまだ書かれてゐない。それはそれとして、十七歳といへば満十六歳、今の高校生である。それにしては巧みな歌だ。古今集との類似は、むしろ古典摂取の素早さとして褒められるべきことだらう。

この「別雷社歌合」の判者は俊成である。判詞のうち、右の三首に触れてゐる箇所を抜き出すと、「神山の霞もあはれをかくるしるしにやといへる心、よしなきにあらず」「誰まがへけむ峯の白雲といへる心もよろしきにや」「御手洗川を頼むゆゑに深からぬ言の葉を書きとむらむ、思ふ心なきにあらず」云々と褒めてゐる。ただし勝負は、持・負・持とした。番《つがひ》の相手は公時であつた。俊成は定家を大事にしてゐたけれど、まだ若いし、親子の関係であるから、遠慮がちの判をくだしたのであらう。判者は単純に歌の優劣を判定するのではない。歌壇に占める自分の位置、左右の作者の歌の力量や社会的地位など、さまざまな要素を考慮しながらおもむろに判をくだすのである。定家を大事に育てようといふ心が、たぶんその歌に「勝」を与へなかつたのである。なほ、十代のころ罹《かか》つた病気のことが、後年、明月記に記されてゐる。安貞元年（六十六歳）の記事である。

《十一月十一日。（中略）予は昔安元《あんげん》元年二月赤班、同じく三年三月の間、皰瘡《はうさう》、共に他界に赴くが如し。皰瘡、以後蘇生すといへども、諸根殃《わざは》ひ多く、身体無きが如し。其の後五十年、存外に寿考なれども、今に至るも尋常の身にあらず。》

十四歳のとき赤班を病み、また十六歳のとき皰瘡（疱瘡）を病んだ。このやうに定家は若いころから病気に悩まされながら意外な寿考（長命）を得たのであるが、右の別雷社の三首は疱瘡の治癒後まもないころの作である。疱瘡すなはち天然痘は、危険な病気であつた。三十年ほど後のことだが、源実朝も疱瘡に罹つてゐる。

四、初学百首

治承五年（一一八二）は、定家二十歳の年である。この年閏二月、平清盛が没した。前年、源氏が挙兵し、世は激しく揺れながら徐々に源氏の時代へ向かひつつあつた。清盛の死を明月記はかう記してゐる。

《五日。天晴る。去夜戌《いぬ》の時、入道前太政大臣已に薨ずるの由、所々より其の告げ有り。或は云ふ、「臨終に動熱《どうねち》悶絶するの由、巷説あり」と。》

人の噂では高熱のため悶え苦しみながら死んだらしい、と書き添へてゐる。主観を混じへない書き方である。清盛に対する定家の思ひを窺ふことはできない。

この年、定家には二つの出来事があつた。一つは初めて百首歌を詠んだこと、もう一つは式子内親王にまみえたことである。

『拾遺愚草』上巻の冒頭に「初学百首」といふ一連があり、これを詠んだ年月が「養和元年四月」と記されてゐる。養和元年は、すなはち治承五年。ただし、この年七月に改元されて養和となつたのだから、ここは正確にいへば「治承五年四月」である。それはともかくとして、これは定家が試みた最初の百首歌である。「初学」は謙退の気持から付けた名前であらうか。

百首歌は、時代によつて多少異なるが、だいたいのところ「春・夏・秋・冬・恋・雑」の題でそれぞれ十首か二十首ていどの歌を詠み、合計百首を詠出する方法をいふ。平安朝の歌人たちはよくこの方法で歌を詠んだ。定家の「初学百首」は次のやうな構成となつてゐる。

春　二十首
夏　十首
秋　二十首
冬　十首
恋　二十首
雑　二十首

俊成の『長秋詠藻』の冒頭に、「久安百首」といふ一連がある。「初学百首」の構成はそれと全く同じである。ちなみに「久安百首」が詠まれた久安六年（一一五一）は、「初学百首」の三十年前である。

百首歌は既に確立した詠法であり、優れた先人たちと同じ方法で歌を詠むのだから、出来が悪ければ目立つてしまふ。若い定家は緊張したに違ひない。明月記を見ると、この百首歌を詠んだ治承五年四月に、次のやうな記事がある。

《十六日。天晴る。未の時以後、心神忽ち悩む。温気《をんき》火の如し。今に於ては更に身命を惜しま

ず。但し病躰太《はなは》だ遺恨、前後覚えず。》

言つてゐるのはこれだけだが、もしかすると定家は百首歌を作るために体力を消耗したのかもしれない。

この年、前述したやうに定家は初めて式子内親王に謁見してゐる。一月、次のやうに記されてゐる。

《三日。天晴る。右兵衛督の御許に参ず。出でらると。女房に謁し奉る。次で三条前斎院に参ず。（今日初めて参ず。仰せに依るなり。薫き物、馨香《けいかう》芬馥たり。）》

これを分かりやすく訳すと、「三日。天晴る。藤原家通（定家の姉、祇王御前の夫）のもとに参じると、外出中といふので、祇王御前に謁見する。ついで式子内親王の邸に参じる。（今日初めて参じる。俊成の仰せによる。薫き物のよい香りが芬々馥郁と漂つてゐた。）」

「薫き物」云々とあるから、部屋に通されて謁見したのであらう。といつても、むろん御簾《みす》ごしの面会である。式子はいふまでもなく後白河天皇の第三皇女で、すぐれた女流歌人である。年齢はこのとき三十歳前後と推定される。当時の新院・高倉上皇は、式子の弟である。二十歳の定家はさういふ高貴な女性に謁見したのだが、記事は淡泊である。

この年九月、再び式子に謁見した。

《廿七日。天晴る。入道殿例の如く引率し、萱御所斎院に参ぜしめ給ふ。御弾箏の事有りと。》

と定家は記してゐる。入道殿とは俊成のことである。二回とも、俊成の手引きによつて式子のもとに参じたのである。それにしても式子に対する感想を何も記してゐないのは、不思議な気がする。当時の日記は、人目に触れることを予想して書かれてゐるためであらうか。定家の用心深い性格が、この辺りから窺はれる。

それはそれとして、治承五年といふ年は「薫き物、馨香芬馥たり」「御弾箏の事有り」の二行によつて、小さな華やぎを与へられてゐる。

ところで、百首歌の構成を見ると、勅撰集の部立《ぶだて》に似てゐることが分かる。最初の勅撰集であり、かつのちの勅撰集のモデルとなつた古今和歌集の部立は、次のやうになつてゐる。（　）内は歌数を示す。

巻第一　春歌　上（六八首）
巻第二　春歌　下（六六首）
巻第三　夏歌（三四首）
巻第四　秋歌　上（八〇首）
巻第五　秋歌　下（六五首）
巻第六　冬歌（二九首）
巻第七　賀歌（二二首）
巻第八　離別歌（四一首）
巻第九　羇旅歌（一六首）
巻第十　物名（四七首）

巻第十一　恋歌　一（八三首）
巻第十二　恋歌　二（六四首）
巻第十三　恋歌　三（六一首）
巻第十四　恋歌　四（七〇首）
巻第十五　恋歌　五（八二首）
巻第十六　哀傷歌（三四首）
巻第十七　雑歌　上（七〇首）
巻第十八　雑歌　下（六八首）
巻第十九　雑体（六八首）
巻第二十　大歌所御歌・他（三二首）

これらの部立のうち「春・夏・秋・冬・賀・離別・羇旅・恋・哀傷」は歌のテーマによる分類である。「雑歌」にはそのいづれにも分類しがたいものを収める。

しかし、それ以外の「物名」「雑体」「大歌所御歌・他」といふ部立は、テーマには関係なく、歌の種類による分類である。簡単に説明すれば、「物名」は定められた名を隠して詠み込んだ歌、「雑体」は長歌・旋頭歌・俳諧歌、「大歌所御歌・他」は儀礼歌・東歌を指す。

さて、古今集の歌（計一一〇〇首）をテーマ別、および種類別に分けると、歌数は次のやうになる。

一位　恋歌　三六〇首

二位　秋歌　一四五首
三位　雑歌　一三八首
四位　春歌　一三四首
五位　雑体　六八首
六位　物名　四七首
七位　離別歌　四一首
（以下略）

これで分かるやうに、古今集で重要視されたのは、「恋・秋・雑・春」の歌である。つまり、四季（特に秋・春）の歌と、恋歌と、雑歌である。後の百首歌の「春・夏・秋・冬・恋・雑」といふ構成は、古今集の部立を継承したものであらう。夏・冬の歌は、四季といふバランスの上で外せない。ちなみに新古今集では、「物名」「雑体」「大歌所御歌」などといつた、歌の種類別による部立は廃止され、全てテーマ別の部立になつてゐる。古今集に比べ、より洗練の度を高めたのである。そして、やはり重要視されてゐるテーマは「春・夏・秋・冬・恋・雑」である。

数字を並べて、あれこれ書いてきたけれど、私のいちばん言ひたいことは、百首歌の構成は勅撰集のミニチュア版だといふことだ。勅撰集の部立が王朝貴族たちの思ひ描く〈歌の宇宙〉だとすれば、百首歌は〈歌のミニ宇宙〉なのである。決して歌を百首寄せ集めただけのものではないのだ。

さて「初学百首」に入る前に、俊成の「久安百首」を少しばかり覗いておかう。サンプルとして、〈春歌廿首〉のうち、初めの二首と終りの二首を引いてみる。

①春きぬとそらにしるきは春日山峯のあさ日のけしきなりけり
②霞たち雪も消えぬやみよし野のみかきが原に若菜つみてむ
③ますらをはおなじ麓をかへしつつ春の山田におひにけるかな
④ゆく春の霞のそでをひきとめてしほるばかりや恨みかけまし　俊成

①②は早春の歌である。③④はやや分かりにくい点もあるが、晩春の歌である。このやうに〈春歌廿首〉は、早春→仲春→晩春といふふうに春の季節の推移に従つて歌がきちんと並べられてゐる。これは、勅撰集における歌の配列法をそのまま踏襲してゐるのだ。他の夏・秋・冬の歌も同様である。このころの歌人たちは、季節に対する意識がきはめて敏感・繊細であつた。その点で、現代の歌人たちは彼らに到底及ばない。王朝歌人たちの鋭敏な季節感を受け継いでゐるのは、むしろ今の俳人たちである。もし歌人が四季の歌を軽視し、また文語も捨ててしまつたら、タンカはどうなるだらう。行く手に待つのは、深い海ではなく、干上がつた川床のやうな所ではなからうか。

閑話休題。ここから「初学百首」に入ることにする。〈春廿首〉は次の歌で始まる。

いづる日のおなじ光に四方《よも》の海の浪にもけふや春はたつらむ

東からのぼる日は、いつもと同じ光であるが、しかし今日は立春であるから、わが国の四海の波の上にも春の気配が行きわたつてゐるであらう、といふ内容である。「おなじ光に」など理屈つぽい所もあるが、立春をことほぐ歌としてゆつたりとした調べを備へてゐる。

勅撰集でも家集でも、巻頭には立春の歌を置くのが通例である。それにならつて百首歌も第一首に立春の歌を置く。ところが、立春の歌といつても二いろの種類がある。

〔A〕

年の内に春は来にけりひととせをこぞとやいはん今年とやいはん　在原元方『古今集』

春としもなほおもはれぬ心かな雨ふる年のここちのみして　西行『山家集』

〔B〕

春のくるあしたの原を見わたせば霞もけふぞ立ちはじめける　源　俊頼『千載集』

みよし野は山もかすみて白雪のふりにし里に春は来にけり　藤原良経『新古今集』

Aは二首ともに、ひねつた詠み方をしてをり、質的には雑歌に近い感じがする。一方、Bはどちらも春の到来をことほぐ堂々たる歌である。大まかな言ひ方をすれば、Aは古今ふう、Bは新古今ふうである。時代はゆつくりとAからBへ流れてゐる。定家の歌は（前掲の俊成の歌も）明らかにBに属する。

梅の花こずゑをなべてふく風にそらさへ匂ふ春のあけぼの

梅の梢を押しなべて吹く風があり、風は中ぞらに舞ひ上がり、空にも梅の香りが満ちてゐるかのやうな春の曙よ、といふ意味である。

梅は、紅梅といつてゐないから白梅であらう。地上の白梅の花と、その上のそらの奥行きと、そこに満ちてゐる梅の香りを感じさせる美しい歌である。「初学百首」の春歌の中で白眉の作であらう。二十歳でこんな歌を詠むのだから、定家はやはり凄い歌人だ。

〈夏十首〉では次の二首がいいと思ふ。

さみだれに水波《みづなみ》まさるまこも草みじかくてのみ明くる夏の夜

そま河やうきねに馴るるいかだ師は夏の暮こそ涼しかるらめ

前者は、「さみだれに川の水波がまさり、まこも草が水に没して短く見える。丁度そのやうに、短くて直ぐ明けやすい夏の夜よ」といふ歌で、上句が下句の「みじかくて」を引き出す序詞の働きをしてゐる。歌意は下句にあるが、詩情は上句にある。さいきん柏崎驍二氏がこの作を名歌として取り上げ、「さみだれにみづなみ」「まさるまこもぐさ」「みじかくてのみ」に含まれるマ行音のひびき合ひの快さについて書いてゐたが（「短歌」平14・1）、私も同感である。

後者は「杣木《そまぎ》を下す川で浮寝に馴れた筏師は、とくに夏の夕暮れは筏の上で浮寝の涼しさを楽しんでゐるだらう」の意。まさに涼気の漂つてくる歌であり、そのまま日本画の画題になりさうな景である。

この歌の場合、定家が何らかの参考にしたと思はれる先行歌（これを「参考歌」といふ）がある。曾根好忠の、「杣川の筏の床の浮き枕夏は涼しきふしどなりけり」（詞花集・夏）である。

ここから〈秋廿首〉に入る。

秋の夜は雲ぢをわくる雁がねのあとかたもなく物ぞかなしき

秋の夜空を雁が鳴きながら渡つていつたあとは、その痕跡もない。そんなふうに虚しく物悲しい夜だ――といふ歌である。茫漠たる孤独感が漂つてゐる。

ものが去つたあとの空間、それが一首のポイントである。森澄雄句集『浮鷗』の中にある「雁の数渡りて空に水尾もなし」（かりのかずわたりてそらにみをもなし、と読む）は私の好きな句であるが、「渡りて空に水尾もなし」といふ表現は、定家の「雁がねのあとかたもなく」を更に発展させたやうな魅力的な詞句である。

ひびきくる入相《いりあひ》の鐘も音絶えぬけふ秋風はつきはてぬとて

〈秋〉の最後にこの歌がある。いふまでもなく旧暦では七月八月九月が秋に当たり、この歌は九月尽日を詠んでゐる。

「つきはてぬ」の「尽き」は、鐘の縁語「撞き」を掛ける。日没時を告げる鐘の音がひびきわたり、やがてその音も絶えてただ秋風が吹いてゐる、といふ情景がうたはれてゐる。荒涼として物寂びた雰囲気を湛へた一首である。

このとき定家二十歳。もし仮に平成の若者の心の中を覗いてみても、こんな入相の鐘の鳴りわたる風景など存在しないであらう。精神の成熟度といふものが、昔と今とでは掛け離れてゐるのだ。人間が十代二十代三十代で死ぬことが珍しくなかつた時代に、二十歳は完全なオトナであり、もしかすると既に中年の入口であつたかもしれない。オトナとは胸中に〈死〉を置いてゐる人のことである。

続いて〈冬十首〉に移る。

冬来てはひと夜ふた夜を玉篠《たまざさ》の葉分けの霜のところ狭《せ》きまで

「玉篠」は笹の美称。冬が来てまだ一夜二夜しか経つてゐないのに、笹の葉は一葉《ひとは》ごとに霜を置き、その霜の葉が所せまきまで犇いてゐる、といふ歌である。初冬の霜を美しく印象的にゑがいてゐる。「葉分けの霜」といふフレーズがまことに新鮮だ。

つららゐるかけひの水は絶えぬれど惜しむに年のとまらざるらむ

〈冬〉の末尾にあり、十二月末日の歌である。「つららゐる」は、氷柱がさがつてゐるの意。「ゐる」はくだけた日常語的な言葉づかひであるが、万葉集に「雎鳩《みさご》ゐる渚《す》にゐる船の夕潮を待つらむよりはわれこそまされ」などの用例がある。「かけひ」は「懸け樋《ひ》」で、筧とも書く。

筧の水が凍つて氷柱となり、流れがとまつた。しかし年月の流れは、惜しんでも止まらないだらう、と嘆いてゐる。筧の水の流れと時間の流れを対比させたところに作者の機智がある。ただし私たちの眼から見ると、やや理屈つぽい歌であるが……。

次は〈恋廿首〉の中から。

いかにしていかに知らせむともかくもいはばなべての言の葉ぞかし

「なべての」は「並べての」。つまり「並の、ごく平凡な」の意である。訳しにくい歌だが、「あの人に、この思いを、どのようにして、どう知らせたらよいのだろうか。好きだとも、愛しているとも、言ってしまえば当り前の言葉にすぎないのだ」（久保田淳訳注『全歌集』上巻）といふのが優れた訳である。

どんな言葉を使つても、恋しい気持をあらはすに足りない、と切々たる恋心をうたつてゐる。一読してすぐ和泉式部の作「ともかくもいはばなべてになりぬべし音《ね》に泣きてこそ見せまほしけれ」を連想させる。もう一つ和泉式部には「いかにしていかにこの世に在り経《へ》ばか暫しも物を思はざるべき」の作もあり、定家の作はこの二首をつなぎ合せたやうな大胆な詠み方である。

言葉づかひのオリジナリティは和泉式部にあるが、しかし歌の芸術性の面では定家の作は和泉式部の作に決して劣らない。読み比べると、歌の中から立ち上がつてくる人間像が大きく異なる。和泉式部は言葉を捨てて泣き崩れようとし、定家は言葉の無力さの前にじつと立ち尽くしてゐる。

定家は右のやうに先人の作から言葉を切り取つて使つてゐる。ただし和泉式部は定家より二百年ほど昔の人である。遠い過去の人となつた歌人たちの作品（つまり、歳月を経て共通の古典となつた作品）だけが本歌取の対象となる。決して同時代の作品には手を出さない。この点で、現代の歌人たちは定見がないやうだ。

さて最後の〈雑廿首〉を見よう。ここには「神祇・釈教・無常・別《わかれ》・旅・祝・物名《もののな》・述懐」の歌が並んでゐる。これら二十首は常識に沿つた詠み方が多く、出来栄えは可もなく不可もなし、といつたところである。まだ定家は〈雑〉の部では優れた作品を詠むに達してゐないやうだ。それはさておき、サンプルとして〈物名〉から一首引いておかう。

神山にいくよ経ぬらむさかき葉のひさしく注連《しめ》をゆひかけてける

さしぐし　ひかげ

〈物名〉とは、決められた言葉を隠して詠み込む題詠である。古今集では部立の一つになつてゐるぐらゐ重要なジャンルであつた。そこに載つてゐる、「きちかうのはな」を詠み込んだ紀友則の作「秋ちかう野はなりにけり白露のおける草葉も色かはりゆく」を読むたびに私は、古今集時代の歌人たちの豊かな遊び心と洗練された言語感覚に感嘆してしまふ。

「さしぐし」（挿し櫛）は、髪に挿す飾りの櫛、「ひかげ」（日蔭）は神前にささげるヒカゲノカズラ。歌意は、「神山で幾代経ただらう。榊の葉は長いこと注連飾りを結び付けてゐる」。

下句「さかき葉のひさしくしめをゆひかけてける」の所にうまく二つの題が詠み込まれてゐる。内容的には何の変哲もない歌だが、題のこなし方が上手であればいいのである。また、題に合せて歌の内容も神事ふうなものにしてあるのが、やはり大切な点である。

五、堀河題百首

あれこれ私的感想を差し挟んだが、ともあれ定家の処女作「初学百首」は全体に作品のレベルが高く、かつ秀歌も多い。非凡な歌人の出現を物語るに十分な百首詠だといへよう。いかにも華やかなデビュー作、といつた感じである。

翌年の寿永元年（一一八二）、定家はふたたび百首歌に挑戦した。「堀河題《ほりかはだい》百首」がそれである。ただしこれは『拾遺愚草』正篇には収録されず、『拾遺愚草員外雑歌』に入つてゐる。つまり定家は初め自選から外し、後日これを惜しんで『員外雑歌』に収めたのである。できれば当時の定家の心の動きなどを知りたいのであるが、あいにく明月記はこの寿永元年から文治三年（一一八七）までの足掛け六年間、全く欠落してゐる。

ただ幸ひなことに、「堀河題百首」には漢文で書かれた長い前書があり、定家はそこに制作前後のいきさつを記してゐる。以下、その前書を読み下し文で引用しよう。

《養和百首披露の後、なほ堀河院題を詠ずべきの由、厳訓《げんくん》有り。仍《よ》つて寿永元年またこの歌を

詠ず。今これを見るに、一首も採り用ゐるべきの歌無し。仍つて漏らし弃《す》て了《をは》んぬ。》

「初学百首」を発表したあと、なほ堀河院の題で詠むべき由、父から厳命があつて、寿永元年この「堀河題百首」を詠んだが、今これを見直すと一首も採用できる歌がないので、捨ててしまつた。

定家はさう言つてゐる。いさぎよい言葉であるが、そのあと語調は一転する。

《而れども倩々《つらつら》これを案ずるに、当初この歌を詠出《えいしゅつ》せし時、父母忽ちに感涙を落とし、将来この道に長ずべきの由、返抄《へんせう》を放たる。隆信朝臣寂蓮等の面々、賞翫の詞を吐けり。右大臣殿、故《ことさら》に称美の御消息有り。俊恵来たりて饗応の涙拭へり。時の人望これを以つて始めと為す。この往事を思ふに依り、更にこの奥に書き加ふ。殊に赭面《しやめん》の思ひ有り。》

「返抄を放たる」は太鼓判を押された、ぐらゐの意であらう。わが百首を褒めてくれたのは、父母のみならず、隆信、寂蓮、右大臣殿（兼実）、俊恵、皆さうだつたといふ。自慢めいた回想談である。「人望」はこの場合、人々の期待、といふほどの意。

とにかく、定家は「堀河題百首」で世間から注目された。ところが、定家は「初学百首」を家集に収めたのに、「堀河題百首」を外した。褒めた人々は、面目丸つぶれではなかつただらうか。しかし定家の行動は直線的であつた。世間の評価とは無関係に、自作を冷静に読み直し、本当にいい歌とはどんなものか、それを自分の頭脳で判断したのだ。頼りにするのは自分だけ。これが歌人定家の生き方であつた。

以上紹介したのが、前文にあたる部分である。このあと、やや小さい字で更に次のやうな注が添へられてゐる。

《但し、人望僅かに三、四年か。文治・建久より以来、新儀非拠《ひきよ》達磨歌と称し、天下貴賤の為に悪《にく》まれ、已《すで》に弃《す》て置かれんと欲す。正治・建仁に及び、天満天神の冥助を蒙り、聖主聖朝の勅愛に応じ、僅かに家跡を継ぎ、この道に携はる事、秘して而も浅からず。》

いま考へると、期待されたのも僅か三、四年の間で、その後は「新儀非拠達磨歌」と酷評されて人々から憎まれ、世間から忘れ去られた。のち幸運にも再び顧みられるやうになり、ほそぼそと歌道に携はつてゐる。口では言はぬが、感慨深いものがある……。

大まかにいへば、定家はそんなふうに述懐してゐる。あの人にもこの人にも褒められたといふ自慢話から、急に転じて「人望僅かに三、四年か」と述べるところが定家といふ人物の面白さである。自虐・自信・愚痴・感謝、いろんなものが交じり合つたやうな前文及び注である。そして、この一連の文章を通じて、定家の胸中に動かしがたく存するのは、強い矜持の心だといふことが分かる。

新儀非拠達磨歌のことについては、後で触れることにしよう。

さて「堀河題百首」の内容は春二十首・夏十五首・秋二十首・冬十五首・恋十首・雑二十首から成る。先の「初学百首」よりも、恋が少なく、夏・冬が多めになつてゐる。いはば四季重視の構成である。そして、一首ごとに題が細かく決められてゐる。たとへば〈春〉は、一首目「立春」、二首目「子日《ねのひ》」、三首目「霞」といふふうに。

定家が生まれる遥か以前の保安六年（一一二五）ごろ、俊成も堀河題で百首歌を詠んでゐる。

当時俊成は二十七歳であつた。歌人は若いうちに一度はこれに挑戦すべきだと俊成は考へ、息子の定家にも制作を命じたのだらう。新進歌人の標準的練習課題、もしくは登竜門といふべきものが、この堀河題の百首詠だつたやうだ。

かうして定家は父から命じられるままに百首を詠み、高い評価を得た。幾つか歌を挙げることにしよう。（ ）内はその題である。

春（暮春）

思ひかねむなしき空を眺むればこよひばかりの春風ぞ吹く

行く春を惜しむ歌であるが、「思ひかね」といふ語があるので、一首の裏に淡く恋の気分が漂ふ。それにしても、俊成の名作「思ひあまりそなたの空をながむれば霞を分けて春雨ぞ降る」（長秋詠藻・恋）によく似た歌である。季節も歌の構図も似てゐる。本歌取としても本歌に近すぎるだらう。それがこの歌の問題点である。まだ俊成の影響下にあつたと言はざるを得ない。

夏（照射）

ともしするほぐしの松の消えて後やみにまどふはこの世のみかは

夏の歌で、題は「照射」。

照射は、ともしと読む。夏の夜、山中で松明《たいまつ》をともすと、闇にひそんでゐる鹿の眼が光る。それを目当てに矢を射て、鹿を斃す。古くから行なはれた狩猟の方法である。ほくし（火串）は、松明を挟む木をいふ。「ともし」は夏の季語として歳時記に載つてゐる。かういふ歌を読むと、俳句の古典的な季語は和歌の題をそのまま受け継いだものであることが分かる。

――明かりが消えたあとの闇に惑ふのは、この世だけではない。生き物を殺した罪を背負ひ、あの世（後世）においても惑ひつづけるのだ。

怖い歌である。仏教でいふ殺生の罪を詠んでゐるのだが、「やみにまどふはこの世のみかは」といふ表現は、生きることそのものの罪や不安を匂はせるところがある。

秋（苅萱）

風すぐる萱《かや》が下根の露ばかりほどなき世をや思ひ乱れむ

――風が過ぎて、苅萱の下根の露が吹き散らされる。その露のやうに、はかなく短く終るこの世を、私はあれこれ思ひ乱れて過ごすのだらうか。

この「堀河題百首」（一一八二年）の規範となつた「堀河百首」（一一〇五年ごろ成立）で、〈苅萱〉は次のやうに詠まれてゐる。


秋くれば思ひみだるる苅萱の下葉や人の心なるらむ　　源　師頼

二首を比べてみると、定家は師頼の作から「思ひ乱る」の言葉を持つて来てをり、また「下葉」を「下根」に変へて使つたりしてゐる。先人の歌をじつくり読んで参考にしてゐるのである。ただし「露」は定家のオリジナルである。それにしても、現代の短歌と違つて古典和歌は、進化の足取りが非常に緩やかだつたのだ。

冬（霰）

有馬山おろす嵐のさびしきに霰ふるなり猪名《ゐな》の笹原

――有馬山から吹きおろす嵐が、猪名の笹原に寂しさを添へてゐる。折しも笹原の上に霰が降り始めた。

「さびしさ」といふ主観語が入つてゐるけれど、かなり純度の高い叙景歌である。後年の源実朝の作「もののふの矢並《やな》みつくろふ籠手《こて》のうへに霰たばしる那須の篠原」は、定家の作から少し影響を受けてゐるかもしれない。

有馬山は神戸市と西宮市の境（摂津の国）にあり、昔から有馬の湯で有名だつた。近くに猪名といふ野がある。定家は建仁三年七月、四十二歳のとき有馬の湯に出かけ、明月記にかう記してゐる。

《七日。天晴る。季夏より有馬の湯屋に在り。今朝遷《うつ》りて、此の山の上人の湯屋に坐《とどま》る。此の

処の地形尤《もつと》も幽なり。高山に対し遠水を望む。今日、水湯を始む。》

「季夏」は夏の終り、すなはち旧暦六月末のこと。定家は一週間前から滞在してゐるのである。温泉を楽しみ、幽邃な地形を楽しむ中年の男がここにゐる。水湯とは温泉・冷泉に交互に入ることだらうか。

ついでに翌日の記事を引いておかう。

《八日。天陰り、聊か雨灑《そそ》ぐ。午の時許《ばか》り、輿に乗りて巌の径を攀ぢ、山奥の飛滝《ひらう》を見る。その高さ三丈許り。雲の涯に出づるが如し。》

こまかい雨のふる中、高さ十メートルほどの滝を見て、心を躍らせてゐる。このあたり、生まれの定家を思はせる記述である。

さらに明月記を見ると、元久二年閏七月八日（四十四歳）、承元二年十月七日（四十七歳）、建暦二年正月二十二日（五十一歳）にも有馬の湯を訪れてゐる。定家の好んだ保養地であつたやうだ。

「堀河題百首」を詠んだとき定家はまだ二十一歳であり、有馬の湯に行つたことがあるかどうか不明である。しかし「有馬山」「猪名」は歌枕だから、歌人ならば現地を知つてゐなくても、それらしい歌を作ることはできたのである。

冬（氷）

難波江のこほりに閉づるみをつくし冬のふかさのしるしとぞ見る

冬（神楽）

天の戸のまだ明けやらぬ月かげに聞くもさやけき明星《あかぼし》のこゑ

前者は、入江の冬景色を詠んだ叙景歌である。「みをつくし」は「澪つ串」、つまり、舟の水路の目印となる串（杭）のこと。その杭が氷に閉ざされてゐるのを見ると、つくづく冬の深くなつたことを感じるといふ歌である。「しるしとぞ見る」といふ古今・新古今ふうの言葉づかひを除けば、近代の写実歌に近い作品である。

後者は、夜明け方の月光の中で、〈明星〉の神楽歌をうたふ声がさやかに聞こえるといふ作品である。久保田淳氏の『全歌集』の補注によれば、〈明星〉は、

《本　きりきり　千歳栄《せんざいやう》　白《びやく》衆《す》等《とう》　聴説《ちやうせち》　晨朝　清浄《しやうじやう》偈《げ》や　明星《あかぼし》は　明星《みやうじやう》は　くはや　ここなりや　何にしかも　今夜の月の　ただここにますや……（下略）》

と吟誦するのださうだ。特殊な題材を詠んだ一首であるが、冬の夜明けごろの清冽な空気が感じられるやうな作である。この場合、「明星」は神楽歌の曲名であると同時に、明けの明星そのものを指してゐる。その両義性が、この歌の味はひを深めてゐる。一首の中に、神楽歌のうた声と、夜明けのヴィーナスの光が封じ込められてゐるのである。

恋（片恋）

あぢきなくなげく命もたえぬべし忘られはつるながき契りに

「ながき契り」は、表面的には「長いあひだの約束」の意であるが、実際はその約束が果たされなかつたといふニュアンスを含んでゐる。

――意味もなく嘆きながら命を終へるのであらう。長いあひだ約束も忘れさられたその果てに。

題「片恋」をうたつた作である。用語を見ると、「あぢきなし」「なげく」「命絶ゆ」「忘られ果つ」「ながき契り」といふふうに、意味合ひの似たネガティブな言葉がずらりと並ぶ。普通このやうに類語を重ねると、かへつて歌は駄目になる――はずだが、定家は平気である。

この四年後、二十五歳の時に詠んだ「二見浦百首」の中で、定家は「あぢきなくつらき嵐の声もうしなど夕ぐれに待ちならひけむ」といふ名歌を作る。これは見事な類語反復和歌であり、その先蹤となつたのが右の「あぢきなくなげく命も……」の歌であつた。

雑（田家）

素子《すご》が守《も》る山田の鳴子《なるこ》風ふけばおのが夢をやおどろかすらん

「素子」は万葉集の誤訓から生まれた歌語らしい。身分の賤《ひく》い者をいふ。よく賤《しづ》の男《を》の子、と言つたりする。鳴子は、田畑を荒らす鳥を追ひ払ふ装置で、引板《ひた》ともいふ。「おどろく」は目が覚める、の意。

——昼間は、賤《しづ》の男《を》の子が鳴子を鳴らして山田を守る。夜は、風が鳴子をゆらして、そのたびに賤の男の子は夢の中から呼び覚まされるのだらうか。

山田の鳴子は、意外によく詠はれる題材である。鄙びた風情が好まれたのかもしれない。この歌は、西行の作「小山田の庵《いほ》近く鳴く鹿の音《ね》に驚かされておどろかすかな」と共通の部分がある。歌の出来は西行の方が上であらうが……。

ざつと駆け足で「堀河題百首」の秀歌（と私が思ふもの）を見て来た。いい歌だけ取り出せば「初学百首」に比肩し得るにしても、全体の出来は「初学百首」を越えてゐない、といふ判断があつて定家はいつたんこれを家集『拾遺愚草』から外したやうだ。自分を恃む心と同時に、自作を冷静に見直す眼を定家は持つてゐたのだらう。なほ「堀河題百首」は、略称「堀河百首」で呼ばれることが多い。

六、定家の若き荒魂

先ごろ（平成十四年三月某日）、歌舞伎座で「俊寛」を見た。治承元年（一一七七）、藤原成親らと鹿ケ谷の山荘で平氏討伐を謀つたのが露見し、鬼界島に流されて客死した俊寛の物語である。期待したが、主演・松本幸四郎は声に力強さがなく、あまり迫力のない芝居だつた。舞台は広いのに、八畳ぐらゐの小さい部屋で演技してゐるやうな印象を受けた。弟の中村吉右衛門の方が断然いい役者だ。いやいや私は全くの素人だから、偉さうなことは言へないけれど。

芝居のことはさておき、鹿ケ谷の密議は、平氏滅亡の道筋を作つた最初の事件といつてよからう。俊寛は捕へられて離島に流され、治承三年に死んだ。その翌年、治承四年（定家十九歳）から明月記は始まる。以後、次のやうな政治的出来事があつた。

治承四年（一一八〇）

○安徳天皇が即位。○高倉上皇の院政が始まる。○源頼政が以仁王の令旨を奉じて挙兵し、宇治の戦ひで敗死。○平氏が福原に遷都。○源頼朝が伊豆で挙兵し、石橋山の戦ひで敗れる。○源義仲が信濃で挙兵。〇頼朝が富士川で平維盛と対戦し、勝利を収める。〇平重衡が南都を焼き打ちする。

治承五年（＝養和元年、一一八一）

〇高倉上皇が死去し、後白河法皇の院政が再開される。〇平清盛が死去。

まさに激動の時代である。このあと文治元年（一一八五）に壇ノ浦の戦ひで平氏は滅亡する。明月記は、平氏が滅びへの道を歩み始めるのと並行して書き始められた。

明月記を見ると、「以仁王の敗走、頼政の反乱軍の敗北、福原遷都、維盛の敗走、重衡の南都焼き打ち、高倉上皇の死、清盛の死」のことなど、きちんと全て記されてゐる。「紅旗征戎は吾が事にあらず」と言ひながら、定家は決して時代の動きに無関心ではなく、むしろ積極的に刻々とそれらの出来事を記録してゐたのだ。世の動向に無知であつたら生きて行けないといふ不安は、当時の貴族たちの皮膚感覚だつたのではなからうか。

だが、歌は別である。「初学百首」（一一八一）及び「堀河題百首」（一一八二）は、すでに平氏滅亡の兆しが見え始めたころの作であるにもかかはらず、どの歌も現実の塵を全くとどめてゐない。歌は、決して現実を映す鏡ではなく、どこか遠い非現実の世界と交信するために設置されたパラボラ・アンテナのやうなものなのかもしれない。

さて、前述したやうに明月記は寿永元年（一一八二）から文治三年（一一八七）まで、六年間を欠いてゐる。その部分を誰かが持ち去つたのか、それとも記述がなかつたのか、不明である。

この間《かん》、定家は藤原季能女とのあひだに男子（光家）を儲けてゐる。そして、それとは別に大きな事件を起こす。文治元年十一月、定家二十四歳のときである。九条兼実の日記『玉葉』に次のやうな記事がある。

《廿五日。伝へ聞く、御前の試みの夜、少将雅行と侍従定家と、闘諍《とうじやう》の事有り。雅行、定家を嘲弄するの間、頗る濫吹《らんすい》に及ぶ。仍りて定家忿怒に堪へず、脂燭《しそく》を以つて雅行を打ち了《をは》んぬ。或いは云はく、面を打つと云々。此の事に依りて定家除籍し畢んぬと。》

諍ひの原因は不明であるが、年下の雅行が定家を愚弄して濫吹（乱暴）したために、定家は激怒し雅行の顔を脂燭で打つたのである。

先に愚弄したのは雅行であり、また乱暴もしたのだから、定家が怒るのは無理からぬことかもしれない。しかし脂燭で打つといふのは荒つぽい報復である。定家の荒魂《あらたま》が目を覚ましたのであらう。

この事件で定家は除籍処分となつた。昇殿を停止されたのである。

明月記を読むと、定家は几帳面でひたすら真面目で神経質な男、といふイメージが浮かび上がつてくる。あまり温厚な人物といふ印象はない。人当たりは、さほど良い方ではなかつたであらう。ものの見方が倫理的で、批判心が旺盛で、要するに、ものの道理を大切にする人間だつたのである。けれども、短気とか怒りつぽい男でもなささうだ。

ずつと後のことになるが、嘉禄二年（定家六十五歳）五月、舶来ペットの飼育を批判した記事がある。意訳して紹介しよう。

《十六日。伝へ聞くところによると、「去年今年、宋国の鳥や獣が京都に充満してゐる。船で自由に行き来する輩がそれぞれ持ち込んでゐるらしい。金持ちの家が競つてこれを飼つてゐる」と。しかし、唐の書物には次のやうに述べられてゐるではないか。「犬馬はその土性《どせい》に非ずんば畜《やしな》はず。（この土に生まるる所にあらずんば畜はず。その用に習はざるを以つてなり。）珍獣奇獣は国に育たず。（皆、所用にあらず。損害有り。）弗宝《ふつぽう》の遠物は則ち人格に遠し」と。》

中国の言葉を借りて定家が言ひたかつたのは、日本の風土に合はない珍獣を飼ふのは無理があり可哀想だといふことだらう。これを読むと、定家は意外に心の優しかつた人かも知れないと思ふ。少なくとも、ものの道理を大切にした人なのである。最後の「弗宝の遠物は則ち人格に遠し」は難解な文だが、値打ちのない舶来物を持つ人は人格を疑はれる、の意であらうか。

さて先に述べたやうに、若き定家は雅行を脂燭で打ち、除籍された。神経質ではあるが必ずしも短気な乱暴者ではない筈の定家が、この時ばかりはキレたのである。よほど雅行の言動が道理から外れてゐたのであらう。

昇殿停止の処分を受けた定家は、もう出世の道はない。心を痛めた父の俊成は、翌年お上に嘆願書を提出した。

先日申さしめ候所の拾遺定家仙籍の事、なほこの旨然《しか》るべきの様申し入れしめ給ふべき由存じ候なり。且《かつ》は年少の輩《ともがら》、各々戯遊《けいう》の如き事に候。強ひて年月に及ぶべからず候か。而《しか》るに年已《すで》に両年に及び、春又三春に属し了んぬ。愁緒《しうしよ》抑へ難く候者なり。

あしたづの雲路まよひし年暮れてかすみをさへやへだてはつべき
夜鶴《やかく》の思ひに堪へず、独り春鶯《しゅんあう》の鳴くに伴ふ者なり。且は芳察《はうさつ》を垂れ、然るべき様奏聞《そうもん》を庶《しょ》幾《き》する所候なり。恐惶謹言

三月六日　　　　　　　　　　　　　　　　釈阿申文

左少弁殿

——昨年、定家が仙籍（昇殿の資格）を剝奪されましたが、あの事件は年若い者が起こした他愛ない揉め事でありまして、処分が長い年月にわたることは如何なものでせうか。もう足掛け二年になります。春も初春、仲春、晩春を経ようとしてゐます。私の愁ひ心は、もう抑へがたいものがあります。

こんなふうに俊成は、せつせつと息子の赦免を懇願する。「あしたづの……」といふ歌は、「子を思ふ鶴が雲路を飛び迷ひつつ、年も暮れてしまつた。このまま霞に出会ふこともなく（春を迎へることもなく）、飛びつづけるのだらうか」の意であらう。父としての嘆きを歌に託したのである。続く「夜鶴の思ひ」は、子を思ふ心の深さをあらはす時によく用ゐられる比喩である。このとき俊成七十三歳であつた。

宛名の「左少弁」は、藤原定長といふ役人である。この人を通じて、時の権力者・後白河法皇の許しを得ようとしたのである。

効果は覿面《てきめん》であつた。後白河は俊成の心を哀れんで恩免の院宣をくだし、あまつさへ「あした

づはかすみを分けて帰るなりまよひし雲路けふや晴るらむ」といふ返歌を俊成におくつた。これは当時、俊成が和歌の大御所的存在であり、また後白河が和歌を重んじてゐたことの反映であらう。平成のいま、有力歌人が総理大臣に短歌を送つて消費税廃止などを訴へても、糠にクギ、梨のツブテであらうが、かつて和歌は実用的な道具でもあつたのだ。別の言ひ方をすれば、権力が文化に敬意を払つてゐたのである。

さういへば、こんな逸話もある。

応仁の乱のころ、美濃郡上《ぐじやう》の城主・東常縁《とうのつねより》が城と領地を奪はれたとき、敵将の斎藤妙椿《めうちん》に歎きの歌を書き送つた。「堀川や清き流れをへだてきて住みがたき世を歎くばかりぞ」「たよりなき身を秋風の音ながらさても恋しきふるさとの春」など十首である。これを読んだ妙椿はいたく同情して返歌を送り、城も領地も返したといふ。司馬遼太郎著『街道をゆく』第四巻に出てゐる話である。いふまでもなく常縁は著名な歌人である。「歌十首で城と領地をとりもどしたというのは、それを原稿料だとすれば東常縁は古今でもっとも高い稿料をとったことになる」と司馬さんは楽しさうに書いてゐる。

七、二見浦百首

父俊成の尽力で譴責《けんせき》を解かれた定家は、この年「二見浦百首《ふたみのうら》」を詠む。文治二年（一一八六）、定家二十五歳の時である。これは「初学百首」「堀河題百首」につづく三度目の百首詠である。現在、幾つかの短歌雑誌が新人賞を募集してゐる。歌数は三十首ないし五十首。若い作者にとつては、たやすく作れる歌数ではなからう。しかし、定家は二十代の間に十回ほど、百首詠を実行してゐる。なぜこんなことができたのか。それはたぶん、次のやうな一種のワクがあつたからであらう。

春二十首、夏十首、秋二十首、冬十首、恋十首、その他三十首（述懐五首、無常五首、雑二十首）。

これは「二見浦百首」の構成である。時によつて構成は少し異なるが、いづれにせよ百首詠は何らかのワクがあり、それに従つて歌が作られる。歌数が多い場合、全く自由であるよりも、ワクがある方がむしろ歌は作りやすい。全き自由は、時に人を途方に暮れさせるものだ。ワクに沿つて進むのは、目的地への最短距離ではないかもしれないが、確実に目的地へ到達する有力な方法なのだ。

さて「二見浦百首」に入る。これは西行が寂蓮・隆信・公衡・定家・家隆・慈円らに勧進した百首歌である。勧進とは「勧めて進《たてまつ》る」、つまり歌人たちに勧めて作らせ、伊勢神宮に奉つた作品の謂《いひ》である。

例によつて幾つか歌を抜き出し、簡単な注解・鑑賞を付け加へよう。

なにとなく心ぞとまる山の端《は》にことし見初むる三日月のかげ

〈春廿首〉の第三首である。初二句は素朴な言ひ方である。定家も時にこんな表現をするのだ。旧暦では、日付はすなはち月齢に一致する。一月一日は新月だからほとんど見えない。二日はかぼそい二日月。三日になつてやつと月らしい光を帯びてくる。満月でなくても、ことし初めて見た〈月らしい月〉なので「なにとなく心ぞとまる」のである。ちなみに三日月は夕方西の空に浮かんでゐる。

いづこにて風をも世をも恨みまし吉野の奥も花は散るなり

大意は、「いつたいどこで風を、また世を恨んだらいいのだらう。世を捨てて吉野山の奥に隠れ住んでも、やはりここも世間と同じ、風が桜を散らしてしまふ」。これを読むと、定家も吉野までやつて来たやうに見えるが、それはもちろん文芸上の虚構である。吉野はあくまでも歌枕であり、定家は「吉野」といふ語がもつイメージの内側で空想の歌を詠んだだけである。たぶん吉野などへは行つてゐないだらう。

吉野のイメージは、数多くの古歌が運んでくる。また西行のやうな旅僧が運んでくる。西行が貴族のあひだで持て囃された理由の一つは、各地の歌枕を訪れ、現場の景を見てゐるからであらう。

本歌と思はれる「いづくにか世をばいとはむ心こそ野にも山にもまどふべらなれ」（古今集、素性）に比べると、定家作は優美で線がほそいやうだ。「二見浦百首」から計四首の歌が千載集（俊成撰）に入集してをり、これがその中の一首である。

つづき立つ蟬のもろ声はるかにて梢も見えぬ楢のしたかげ

〈夏十首〉より。作者は楢の大木の下に立つてゐる。「つづいて起こる蟬たちの鳴き声は遠くて、葉が茂つて梢も見えない。この楢の大木の下蔭（の涼しさ）よ」の意。

擬人法もなく、また特別な思ひ入れもない、純写実の歌である。表現がすつきりしてをり、内容も清爽である。わづかに「梢も見えぬ」あたりに古今・新古今調が漂ふけれど、作者名を伏せたら近代の歌と見分けが付きにくいだらう。

見わたせば花も紅葉もなかりけり浦のとまやの秋の夕ぐれ

〈秋廿首〉より。定家の青年期の代表作である。意味は簡明で、上句は眼前に無いもの、下句は眼前に在るものを詠んでゐる。

花（桜）は春の美の代表、また紅葉は秋の美の代表であるが、そのどちらも眼前に無くて、在るのは、粗末な漁師の小屋だけ。日は沈み、浜辺ぜんたいに少しづつ薄闇が広がつてゆく……。そんな景色である。どちらかといへば荒涼とした、くすんだ風景である。しかし歌にはむしろ美があり華やぎがある。それは、「花」「紅葉」のイメージが残像として歌の背後に息づいてゐるからである。たとへば、これは私が仮に拵へた短い詩文であるが、

夜更け、蕗の葉の下にコロポックルはゐない。ただ青い月光が差し込んでゐる。

この表現は、存在する蕗の葉だけでなく、そこに存在しないコロポックルといふ妖精のイメージをも読者の脳裏に刻印する。「ゐない」「無い」と表現されても、存在するのと同じやうな表現効果が生まれるのだ。それと同じことが定家の歌にも言へるのである。

作者の視点について考へよう。「見わたせば」とあるが、いつたい作者はどこから浦を眺めてゐるのか。考へられる場所は、浦の外れのあたり、または苫屋の中、あるいは海の上。この三つのうちいづれか。私の読み方では、作者の視点は海上にある。さう解する方がいちばん絵画的効果がある。いはば超越的視点から景色をゑがいてゐるのだ。ほかに例歌を挙げよう。

旅人の袖ふきかへす秋風に夕日さびしき山のかけはし

後年三十五歳の時の作だが、これも作者は超越的視点（たとへば谷合ひの中ぞらのやうな所）から風景を眺めてゐる。空想で歌を作る場合、視点はしばしば日常的な地点から離れ、超越的な地点に据ゑられるのである。

あさゆふの音は時雨のならしばにいつふりかはるあられなるらむ

〈冬十首〉より。「朝夕、楢柴に時雨の音がしてゐたが、それがいつから霰の音に降《ふ》り変つたのだらう」の意。楢柴は楢の小枝のこと。微妙な音の変化で季節の推移をゑがき出した歌である。「時雨の」といふ言葉がいつたいどこへ繋がるのか、判然としないけれど、大意は分かる。日本語の不思議さを見るやうな一首。

あぢきなくつらき嵐の声も憂しなど夕暮に待ちならひけむ

〈恋十首〉より。「など」は、何故の意。どうして夕暮になると、いつも恋人の訪れを待つ気持になるのだらう――と、女の立場で詠んだ歌である。女は、来るはずのない男を思ひつつ嵐の音を寂しく聞いてゐるのである。

「あぢきなく」「つらき」「憂し」は、意味の重なり合ふ語群である。さうした語彙を一首の中で使ふのは、ふつう下手な人のすることだが、この歌では別に言葉がダブついてゐる感じはせず、むしろ孤独な感情をあらはす分厚い表現となつてゐる。絵画でいへば厚塗りの効果といふべきものである。

忘るなよやどる袂はかはるともかたみにしぼる夜半の月かげ

〈雑廿首〉のうち「別」と題する歌。

別れを悲しむ二人が、涙に濡れた袂をお互ひに絞つてゐるといふ場面で、その袂に夜半の月光が射してゐるのである。「涙」といふ語を用ゐずに涙を表現した歌である。絞るぐらゐに涙を流すといふのは大袈裟で嘘つぽいが、とにかく当時は男も女もよく泣いたやうである。

歌の形は、伊勢物語十一段の「忘るなよほどは雲ゐになりぬとも空ゆく月のめぐり逢ふまで」を借用してゐる。

八、殷富門院大輔百首

平安末ごろの女流歌人の一人に、殷富門院大輔《いんぷもんゐんのたいふ》といふ人がゐた。殷富門院は後白河法皇の皇女・亮子内親王のことである。だから亮子内親王は式子内親王の姉妹にあたる。その亮子内親王のもとに出仕してゐたのが殷富門院大輔である。定家より三十歳ほど年長の女性であつた。百人一首の「見せばやな雄島の海人《あま》の袖だにも濡れにぞぬれし色はかはらず」といふ恋の歌は彼女の作である。

この殷富門院大輔の勧めに応じて詠んだのが「殷富門院大輔百首」である。別名「皇后宮大輔百首」ともいふ。文治三年（一一八七）、定家二十六歳の時であつた。勧めに応じた歌人は、定家のほか寂蓮・隆信・公衡・家隆・資実などであつた。

百首の構成は次のやうになつてゐる。

春十五首、夏十首、秋十五首、冬十首、忍恋十首、逢不遇恋十首、寄名所恋十首、雑恋十首、旅恋五首、寄法文恋五首。

これまで定家の詠んだ「初学百首」「堀河百首」「二見浦百首」に比べると、四季の歌が減り、恋の歌が増えてゐる。恋が増えたのは、勧進主・殷富門院大輔の意向が反映してゐると思はれる。

ところで、百首詠を作るとき定家はどんな様子であつたか、知りたいところであるが、よく分からない。「初学百首」の時は明月記に記述がなく、「堀河百首」「二見浦百首」の時は明月記が欠けてゐるのである。

後年の明月記を見よう。正治二年（一二〇〇）、定家三十九歳の時「院初度百首《ゐんしょど》」が行はれる。これは、後鳥羽院が侍臣たちに詠進させた百首歌である。このとき俊成・定家らの〈御子左家〉に対抗する〈六条家〉の陰謀によつて、初め作者から外されてゐた定家・家隆らが、俊成の「仮名奏状」によつて作者に加はつた、といふ、いはく付きの百首歌である。

正治二年八月の明月記に、次のやうに記されてゐる。

《九日。百首の作者に指名された由、早朝知らせが来た。午ごろ奉書が届く。承諾する旨、返事する。このたび作者に加へられたこと、まことに喜びにたへない。いまさら遠慮するに及ばずといへども、これはひとへに悪人たちの仕組んだことなのだ。しかし結果は、かうなつた。二世（俊成・定家）の願ひはすでに達せられた。》（意訳）

歌を作る行為は〈実〉でなく〈虚〉の世界のことに属するが、しかし当時の歌人たちは歌を詠むことに命運をかけてゐたのだ。

つづいて明月記は記す。
《十九日。詠歌に辛苦す。》
《廿三日。右中弁奉書に曰く、「百首、明日進《まゐ》らすべし」と。卒爾周章す。未《ひつじ》の時許り入道殿に参ず。愚詠二十首許り足らず。詠み出す所、御覧を経《ふ》。仰せて云ふ、「皆其の難無し。早く案じ出して進らすべし」といへり。又御歌を見て、所存を申して退き帰る。》
明日、百首を提出せよとの知らせが来て、定家はあわてて俊成の家へ出かけ、まだ二十首ほど足りないが、とりあへず出来た歌を見てもらつた。「まあこれで問題はない。早く作つて詠進せよ」と言はれた。また、俊成の作も拝見し、意見を述べて帰つてきた。
《廿四日。和歌、周章して構へ出し、僅かに之を書き連ね、未の時許りに法性寺に参じ、歌一巻を御覧ぜしむ。（中略）夜景に及ぶに依り退出し、殿下御前に参ず。歌を御覧ず。》
急いで歌をまとめ、こんどは法性寺殿（良経）に歌を見てもらひに行き、また夜になつて殿下（兼実）にも歌を見てもらつた。主君筋の二人の眼を通さないと詠進することができないのだらう。翌日の記事を現代語訳で示す。
《廿五日。また歌を兼実公の御前に持参し、撰び定めて之を書き連ねた。午ごろ退下した。なほ三首ばかり感心せずと仰せられた。考へては見たが、出て来ない。また一、二首ばかり書き、女房に持たせて御覧に入れた。宜しき由、仰せがあつた。夕刻すぎて院に参じ、右中弁に歌を提出した。同じころ隆房も歌を持つてきた。現在、詠進を済ませたのは慈円・忠良・経家・季経・隆信・師光・寂蓮である。実房・俊成の二人は今朝詠進されたといふ。》

当時のあわただしい雰囲気が伝はつてくる。歌人はみな必死である。この「院初度百首」は特に重要な百首詠であつたが、「殷富門院大輔百首」の時もこんな様子であつたかもしれない。とにかく作つた歌は俊成その他の人に見てもらふのが鉄則だつたやうだ。その俊成でさへ、自作を定家に見せて意見を聞いてゐるぐらゐである。ちよつと現代とは違つてゐる、と思ふ。大げさにいへば、当時の歌人たちは作品に命をかけてゐたといふことだ。

《九月五日。大炊殿《おほひどの》に参じ、御歌を給はりて之を見る。皆以つて神妙なり。秉燭《へいしよく》の程、廬《いほ》に帰り又大臣殿に参ず。又御歌を見る。殊勝不可思議なり。》

これは後日談である。前にも触れたが、秉燭は火ともしごろ（夕刻）のこと。大炊殿（式子内親王）の百首、また大臣殿（良経）の百首を見せられて、定家はいづれも感心してゐる。式子・良経ともに「院初度百首」に選ばれた作者である。詠進を終へたあとも、人に見せて批評を請ふ——それほど全力を傾けて百首歌を詠んだのである。

さて「殷富門院大輔百首」に戻つて、歌を幾つか見て行かう。

秋霧をわけしかりがね立ちかへり霞にきゆるあけぼののそら

〈春〉の歌。秋に霧を分けてやつてきた雁が、北国に帰らうとして、あけがた、空の霞の奥に消えてゆく、の意。本歌として「春霞かすみていにしかりがねは今ぞ鳴くなる秋霧の上に」（古今集、読人不知）が挙げられる。よく似てゐるが、雁の到来（秋）を詠んだ本歌に対して、定家作は去つてゆく雁（春）を詠んでゐる。
後年「霜まよふ空にしをれしかりがねのかへる翅《つばさ》にはるさめぞふる」の名作があるが、これはその原型とも言へるやうな作である。

あぢさゐの下葉にすだく蛍をば四片《よひら》のかずのそふかとぞみる

〈夏〉の歌。「あぢさゐ」は紫陽花。下葉に集まつて光る蛍を、紫陽花の花びらのやうだと見てゐるのである。やや無理な見立てであるが、しかし美しい印象を残す。紫陽花は花びらが四片なので、この歌が生まれた。
紫陽花は和歌に詠まれることの少ない花だが、これ以前に源俊頼の「あぢさゐの花のよひらにもる月を影もさながら折る身ともがな」（散木奇歌集）などの作がある。

さざなみや志賀のうらぢの朝霧にまほにもみえぬ沖のとも舟

〈秋〉の歌。霧が秋をあらはす。「うらぢ」は浦路。志賀の浦は、現在の大津市から志賀町にかけての琵琶湖岸をさす。「まほ」は真帆、「まほに」は完全に、の意。とも舟は、連れ立つてゆく舟。

志賀の浦は、あたりいちめん朝霧が立ちこめて、沖をゆく帆舟の列が十分に見えない、の意。沖合におぼろに見える帆舟の影を言ふことによつて、朝霧の深さを表現してゐる。写実的傾向の強い歌である。

をちかたやはるけき道に雪つもり待つ夜《よ》かさなる宇治の橋姫

〈冬〉の歌。宇治は京の南に位置し、かなり距離があるので「をちかた」と言つたのだらう。橋姫は橋を守るといはれる女神で、男神との恋の説話がある。

京から遠く隔たつた宇治は、京へつづく長い道に雪がつもり、かよつてくる者もない。男の訪れを待つ橋姫も、むなしく孤独の夜を重ねてゐる。

本歌「さむしろにころも片敷きこよひもや我を待つらむ宇治の橋姫」（古今集、読人不知）よりも、空間的な広がりのある歌となつてゐる。夜を領する闇、その中につづく一本の雪の道、そして闇の一隅にひそむ橋姫。イメージが豊かで、妖しい雰囲気を湛へた魅力的な歌である。恋の歌としても全然をかしくないが、〈冬〉の歌の中に入つてゐる。

みだれじとかくて絶えなむ玉の緒よながき恨みのいつか冷むべき

〈忍恋〉の歌。一首は「乱れまいとして、じつと耐へ忍んでゐるうちに、私の命は絶えるだらう。恋の叶はぬ恨み、ながいあひだ持ちつづけてゐるこの恨みはいつ冷めることだらうか。いや冷めることはない」ぐらゐの意であらう。

一読して、式子内親王の作「玉の緒よ絶えなば絶えねながらへば忍ぶることの弱りもぞする」を連想させる歌である。定家はこのとき二十六歳であるが、式子の歌はいつごろの作か不明である。ここで明月記から式子に関する記事を拾つてみよう。

正治二年の「院初度百首」のとき、定家が式子の百首歌を見たことは先に述べた。その直後、また式子の記事が出てくる。

《九月九日。大炊殿、昨日より殊に重く悩ませおはしますと。去る二日より御鼻垂れ、此の両三日温気と。》

「御鼻垂れ」「温気」とは風邪で熱があるのだらうか。それにしても「御鼻垂れ」とは即物的な表現で、おどろく。

《十二月五日。大炊殿の御足、大いに腫れおはしますと。》

《十二月七日。大炊殿大事におはしますの由、家衡来りて告ぐ。今日、御灸有りと。（中略）雅基、偏へに御熱の由を申し、冷し奉る許りなり。頼基、御風脚気の由を申す。而れども用ゐられずと。午の時許り御灸を始めらる。但し、更に熱く思し食さずと。此の条又恐れ有り。》

病名がはつきりせず、周りの人は冷やしたり、お灸をするゑたり、右往左往の態《てい》である。たぶん脚気なのであらう。数々の美しい歌を詠んだ高貴な女性が、足を腫らして寝てゐるさまは、想像しがたいけれど、式子もやはり生身の人間だから病気にもなり、足が腫れたりもするのだ。

《十二月廿六日。大炊殿に参ず。御足の事、大略御減の由、医家申す。喜悦極まり無し。》

一応快方に向かつたやうだが、結局、式子は翌月（つまり翌年一月）死去する。明月記の建仁二年の条に、次のやうな記事がある。

《正月廿五日。午の時許りに束帯し、大炊御門《おほひのみかど》の旧院に参ず。今日、御正月なり。》

式子の一周忌に参じたのである。もう一度事柄を整理して、西暦を加へて書くと、次のやうになる。

正治二年（一二〇〇）

八月、「院初度百首」。

九月、式子発病。

建仁元年（一二〇一）

一月、式子没。

建仁二年（一二〇二）

一月、式子一周忌。

式子のことを記す定家の筆は冷静で、時に即物的でさへある。ひそかに思ひを寄せてゐる、といふやうな部分があれば面白いのだが、定家は決して筆を滑らさない。式子に関する記述はこれぐらゐで、あの「玉の緒よ絶えなば絶えね」の歌がいつごろ作られたか、それを知る手掛かりもない。

書きながすただその筆のあとながらかはる心のほどは見えけり

「逢不遇恋」の歌。一度または数度逢つたあと、逢ふことのなくなつた恋を詠む。手紙はよこすけれど、筆跡を見ると、明らかに心変はりしたことが見える、の意。相手の振舞ひだけでなく、手の跡にも心が現れてゐるのである。女の立場で詠んだ歌か。

須磨の蜑《あま》の袖に吹きこすしほ風のなるとはすれど手にもたまらず

〈雑恋〉の歌。須磨の海士《あま》の袖に吹く風が音を立てる。あの人は私に馴れた（馴染んだ）やうでゐて、私の手からするりと逃げてしまふ、の意。「なる」は、「鳴る」と「馴る」の懸詞として用ゐられてゐる。上句は「馴る」を引き出す序詞の働きをしてゐる。

手のこんだ詠みぶりで、いくぶん煩はしいが、一首から湿つた潮風が感じられるのが良いところであらう。新古今集に採録された作。

この百首が詠まれた次の年、文治四年（一一八八）、定家は殷富門院《いんぷもんゐん》邸へ行き、大輔《たいふ》と「清談」した。その様子が明月記に記されてゐる。

《九月廿九日。天陰る。夜に入り雨降る。良辰《りやうしん》徒らに暮る。黙止し難きに依り、黄昏殷富門院に参じ、大輔と清談す。漸く亥の刻に及ぶ。人無く寂寞たり。退出せむと欲するの間、忽ち門前に松明《たいまつ》の光有りて参入するの人有り。内外相《あひ》驚く。権中将参入す。語られて云ふ、「已《すで》に寝に付かんと欲するの間、庭前の木の葉忽ちに落ち、嵐の音を聞く。遂に寝《い》ぬること能はず。忽ちに出で、騎馬にて参ずる所なり。人候ふべからざる由を存ずる間、件《くだん》の車を見、感涙相催す」の由、女房感悦す。更に又燈を掌《と》り、連歌和歌等す。新中納言・尾張等加はり、種々の狂言等あり。鶏鳴数声に及び、雨漸く滂沱《ばうだ》たり。遠路天明けなば不便《ふびん》の由、急ぎ出でらる。猶徘徊し、空階雨滴の句数返《すうへん》、笠を借りて退出す。蓬《ほう》に帰る間、天漸く明く。》

清談とは、隠者のやうな心で俗世間を離れた話をすることだらう。文の大意は次のやうなことである。

〈――天曇る。夜に入り雨降る。良き日であるのに、むなしく暮れてゆく。じつとしてゐられず、たそがれどき殷富門院邸へ行き、大輔と語り合ふ。やうやく夜九時ごろになつた。人無く、邸内はしんかんとしてゐる。退出しようとした時、にはかに門前に松明の明かりが見えて、やつてきた人がある。相手も私も驚く。藤原公衡《きんひら》が入つてきた。彼が語られるには、「もう寝ようとしてゐたら、庭前の木の葉がにはかに落ち、嵐の声がした。たうとう寝そびれて、騎馬で参じた次第である。誰もゐないだらうと思つてゐたら、貴公の牛車が見えたので嬉しくなつた」といふ。大輔ら女房たちも大いに喜んだ。また燭台を持つてきて、連歌や和歌を楽しむ。新中納言・尾張らも加はり、種々のざれ歌を作る。鶏が何度か鳴き、雨はしだいに激しくなつた。遠路、もし夜が明けたら人目について困るとの由、公衡は急ぎ帰宅された。私はなほ愚図愚図してゐた。「空階雨滴」の句を数度口ずさみ、笠を借りて退出した。蓬屋に帰ると夜が明けた。〉

公衡は歌人で、大輔・定家・慈円らと親交があつた。日ぐれどき、定家がふらりと訪ねてきて、夜、また公衡が訪ねてきて、そこに女房たちが加はつて連歌・和歌を楽しむ、といふのだから、殷富門院邸は歌人たちのサロンだつたのだ。大輔は女房であるが、歌人として認められてをり、サロンのまとめ役だつたのであらう。定家はこのとき二十六歳、推定だが公衡は三十歳、大輔は五十七歳である。なほ、五味文彦著『藤原定家の時代』（岩波新書）によれば「新中納言」と呼ばれる女房は、郢曲《えいきよく》すなはち謡ひ物の専門家・源通家の女《むすめ》だといふ。

さらに大輔と定家の交流は、『拾遺愚草』の次のやうな歌の前書からも知られる。

殷富門院、皇后宮と申しし時、まゐりて侍りしに、権亮・大輔などさぶらひて、夕花といふことを詠みしに

つま木こりかへる山路のさくら花あたらにほひをゆくてにや見る

殷富門院が「皇后宮」と呼ばれてゐた時期は、寿永元年（一一八二）から文治三年（一一八七）の間である。定家が参上したとき公衡・大輔がゐて、一緒に「夕花」といふ題で歌を詠んだのである。「つま木」は薪のこと。

文治の比《ころ》、殷富門院大輔、天王寺にて十首詠み侍りしに月前念仏

西をおもふなみだにそへてひく珠《たま》に光あらはす秋の夜の月

これは文治年間、大輔と共に摂津の天王寺へ出かけて、題詠で十首詠んだといふことである。「西をおもふ」は、西方浄土を思ふこと。

前回述べたやうに、「殷富門院大輔百首」は大輔の勧めによつて文治三年に詠んだ百首歌であるが、その背景には右のやうな二人の親交があつた。

九、閑居百首

文治三年（一一八七）は定家の作歌活動のさかんな年であつた。時に定家二十六歳。この年の春、右の「殷富門院大輔百首」を詠み、十一月には「閑居百首」を詠んでゐる。これは家隆（三十歳）と申し合せて詠んだ作品である。「閑居」は、世事を離れて静かに暮らす、ぐらゐの意であるが、全体に隠遁の気分が漂つてゐる。

構成は春二十首、夏十五首、秋二十首、冬十五首、恋十首、述懐五首、雑十五首となつてゐる。四季の歌が多く、恋の歌が少ないのが特徴である。「閑居」といふ題に添つた構成といへる。幾つか歌を見てゆかう。

しばしとていでこし庭も荒れにけりよもぎの枯葉すみれまじりに

〈春〉の歌。暫《しば》しと思つて出て来たが、庭は荒れてゐた。蓬が枯れ、それに混じつて菫の花が咲いてゐる、といふ歌である。私は「よもぎの枯葉すみれまじりに」といふ早春のイメージに魅力を感じた。

菫は可憐な花であるが、「あと絶えて浅茅《あさぢ》茂れる庭の面にたれわけ入りてすみれ摘みてん」（西行）、「すみれ咲く浅茅が原にわけ来てもただひた道にものぞかなしき」（俊成）などの歌を見ると、廃園に咲く花、といふイメージがあつたやうだ。

咲くと見し花の梢はほのかにて霞ぞにほふゆふぐれのそら

これも〈春〉。上句「咲くと見し花の梢はほのかにて」は、桜の咲きはじめを言ふのだらう。その仄かな白があたかも霞のやうにけぶつてゐる夕暮れの空よ、と詠つてゐる。朦朧美ともいふべき世界である。

橘に風ふきかをるくもり夜をすさびになのるほととぎす哉

〈夏〉の歌。「すさびになのる」は戯れのやうに鳴く、の意。視覚を抑へ、聴覚と嗅覚を主体にして詠んでゐる。豊かな季節感をもつ一首である。

秋きぬと手ならし初めしはしたかもすゑ野に鈴のこゑ鳴らすなり

〈秋〉の歌。「はしたか」は鷂と書く。鷹狩に用ゐる小型の鷹である。「はいたか」ともいふ。鷹狩用に野末で訓練してゐる鷂が、動くたびに足の鈴が鳴る。その澄んだ鈴の音がいつそう秋を感じさせるのである。鷹狩は冬に行なはれ、それに備へて秋から訓練する。

うづら鳴くゆふべのそらをなごりにて野となりにけり深草の里

これも〈秋〉。伊勢物語百二十三段に次のやうな男女一対の歌がある。

《むかし、をとこありけり。深草に住みける女を、やうやう飽きがたにや思ひけむ、かかる歌を詠みけり。

年を経て住みこし里を出でて去《い》なばいとど深草野とやなりなむ

女、返し、

野とならば鶉となりて鳴きをらむかりにだにやは君は来ざらむ

と詠めるけるに愛でて、行かむと思ふ心無くなりにけり。》

男の歌は「長年住み慣れた里を、もし立ち去つたならば、深草の里はいつそう草深い野となつてしまふだらうか」の意。歌で相手の気持を探つてゐるのである。それに対する女の返歌は「野となつたなら、私は鶉となつて鳴いてゐるでせう。仮に（「狩に」を懸ける）さへも貴方はおいでにならないでせう」の意である。もう私は貴方のことを諦めてゐます、といふ意思表示であらう。

この伊勢物語を踏まへて俊成が「夕されば野辺の秋かぜ身にしみてうづら鳴くなり深草の里」といふ歌を詠み、さらにそれらを踏まへて定家が右の歌を詠んだと考へられる。歌意は、「うづらの鳴く夕べの空を恋人たちの名残として、深草の里は一面の野となつてしまつた」。俊成は悲しい恋の気分をかすかに漂はせた深草の里の静寂をうたひ、一方、定家は男も女もゐなくなつた深草の里の荒涼を、かすかな鶉の声で浮かび上がらせてゐる。「閑居百首」の中の白眉の一首といへよう。

帰るさのものとや人のながむらん待つ夜《よ》ながらの有明の月

〈恋〉の歌。女性の立場で詠まれてゐる。「あの人は他の女のもとから帰る途中、この月を眺めてゐるのだらうか。私が一晩中あなたを待つて眺め明かしたこの有明の月を」の意。歌の姿は単純だが、内容は複雑で屈折してゐる。

西空に有明の月が浮かび、女のもとから立ち去つてゆく男が夜明けの町を行きつつ月を仰ぐ。遠く離れた或る家の中で、女が同じ月を眺めつつ男のことを思つてゐる……。そんな構図である。男に捨てられた女の寂しさを見事に実景であらはした作。「待つ夜ながらの」といふ言葉の使ひ方も巧みだ。新古今集に採録された名歌である。

群れてゐしおなじ渚の友づるにわが身ひとつのなどおくるらん

〈述懐〉の歌。「同じ渚に群れてゐた仲間の鶴から、わが身ひとつだけがなぜ遅れるのだらうか」の意。同輩たちに比べて自分だけ官位があがらないのを嘆いた歌である。定家の作とも思へないやうな平凡な歌であるが、もともと述懐の歌はこのやうに露骨に詠むもののやうだ。

つづいて「こす浪ののこりを拾ふ浜の石の十《とを》とてのちも三とせ過ぐしつ」の歌がある。自分を追ひ越して同輩たちが出世したあと、ひとり残つて浜の石を拾ひつつ十三年を過ごした、の意であるが、強引な詠みぶりである。「のこりを拾ふ」といふ表現で、「拾遺」（侍従の唐名）をあらはす。十四歳で侍従になつて以来、足掛け十三年間、全く官位があがらないことを嘆いた作である。

さぎのゐる池のみぎはに松古りてみやこのほかの心地こそすれ

〈雑〉の歌。鷺の立つてゐる池の汀に松の木が古びて立ち、ここは都の内なのにまるで都から遠く離れた場所であるかのやうだ、の意。もの寂《さ》びた美のある景色を描き出した一首である。閑寂な境地への、心の傾斜が読み取れる。

久保田淳著『全歌集』は、このとき定家が意識しただらう作として和漢朗詠集の「僧」といふ章にある、

蒼茫霧雨之霽初　寒汀鷺立
重畳煙嵐之断処　晩寺僧帰

といふ詩句を挙げる。読みは「蒼茫たる霧雨の霽《ぶうは》れの初め、寒汀《かんてい》に鷺立てり。重畳《ちようでふ》せる煙嵐《えんらん》の断《た》えたる処、晩寺《ばんじ》に僧帰る」。

里びたる犬のこゑにぞ聞こえつる竹より奥の人の家居《いへゐ》は

これも〈雑〉の歌。「里ぶ」は「鄙ぶ」の反対語で、「人里めいた」ぐらゐの意であらう。意訳すれば一首は「人に飼はれてゐるやうな犬の声がして、つづいて人声らしきものが聞こえた。竹林の奥に人の住む家があるのだらう」といつた所か。

郊外をそぞろ歩きしてゐる、といふ設定で詠まれた作である。閑寂の中で出会つた犬の声に〈人懐かしさ〉を覚えたのである。

ところで「閑居」は和漢朗詠集の一つの章にもなつてゐる。閑居といふ在り方は、文人たちにとつて理想境の一つでもあつた。しかし、この題で百首歌を詠んだ定家・家隆は共に侍従といふ低い身分にあつた。だから「閑居」にはむしろ自嘲の心がこめられてゐたに違ひない。久保田淳

氏は『藤原定家』の中で次のやうに述べてゐる。
《一見、悠々自適、閑居を楽しむ心は、しばしば才能があると自負するにもかかわらず、世にいれられない不平不満の心と表裏をなすのである。定家らがこの作品を「閑居百首」と命名した背後にも、当然このような不遇者意識をさぐることが可能である。二十六歳と三十歳のふたりの侍従は、悠々自適という心境に達するには若すぎた。彼らは前途が閉ざされているかにみえた現実への満たされぬ思いを内にこめながら歌うのである。》
さうなのだ、「群れてゐしおなじ渚の……」「こす浪ののこりを拾ふ……」といつた述懐の歌は、明らかに芸術的価値は低いけれども、うたはざるを得ない気持があつてそこから押出された声だつたのであらう。

十、千載集成立の前後

定家が前述の「皇后宮大輔《たいふ》百首」や「閑居百首」を詠んだ文治三年、俊成は千載和歌集の撰を仕上げつつあつた。この勅撰集は次のやうに進行した。

寿永二年（一一八三）、後白河法皇、俊成に勅撰和歌集を撰進すべき院宣を下す。

文治三年（一一八七）、俊成、千載集を仮奏覧。

文治四年（一一八八）、千載集完成。

千載集は、平安時代に出された六つの勅撰集と、新古今集とを繋ぐ橋のやうな役目をした大切な集である。院宣が下つてから完成までに丸六年の歳月が流れてゐる。その間、平氏一門の都落ち、木曾義仲の討死、一ノ谷の合戦での平氏敗北、壇ノ浦での平氏一門滅亡、といつたふうに歴史は血なまぐさく荒々しく進展する。

千載集には、平氏の武将の一人・平忠度《たひらのただのり》の歌が入つてゐる。平家物語によれば、都落ちするとき忠度は俊成の宿所に立ち寄つて、「一門の運命はや尽き候ひぬ。撰集のあるべき由、承り候ひしかば、生涯の面目に一首なりとも御恩をかうぶらうと存じて候ひしに」云々と懇願し、百余首の歌を書いた巻物を預けて去つてゆく。あはれに思つた俊成はその中から、

さざ波や志賀の都は荒れにしをむかしながらの山ざくらかな　　平忠度

この一首をえらんだ。ただし、忠度は朝敵だから、「読人しらず」として千載集に載せられた。よく知られたエピソードである。

さて、都落ちした忠度はその後どうなつたかと言へば、一ノ谷の戦で敵兵と闘ひ、最後はコウミョウヘンジョウジッポウセカイ、ネンブツシュジョウセッシュフシャ（光明遍照十方世界、念仏衆生摂取不捨）と叫びながら首を打たれた。そして、箙《えびら》に結び付けられた文を開いて見ると、「ゆきくれて木のしたかげをやどとせば花やこよひのあるじならまし」といふ歌が書かれてゐた、と平家物語にある。敵も味方も声をそろへて、「あないとほし、武芸にも歌道にも達者にておはしつる人」と賞賛したといふ。

他の勅撰集と同様、千載集には雅《みやび》の歌が並んでゐるのだが、忠度の「さざ波や」の歌の後ろには紅い血がしたたつてゐるのである。

千載集は、忠度の死（寿永三年）から四年後の文治四年にやつと成立した。明月記に次のやうに記されてゐる。

《四月廿二日。晴る。巳の刻許りに入道殿、院に参ぜしめ給ふ。勅撰集奏覧のためなり。日来《ひごろ》自筆にて御清書あり。白き色紙、紫檀の軸、羅《うすもの》の表紙、紈《しろぎぬ》の紐。外題は中務少輔伊経之を書き、筥《はこ》に納む。筥の蒔絵に自ら御葦手にて新歌有り。未《ひつじ》の斜めに出でしめ給ふ。御前に於いては殊に叡感有りと。》

院は、後白河法皇のこと。巳は午前九時から十一時、また未は午後一時から三時を指す。斜めは、その時刻の終はりごろ。

途中を省略すると、大意は「朝九時ごろ入道殿（俊成）は院のもとに参上された。千載集をご覧に入れるためである。日頃、入道殿はこれを自分で清書なさつてゐた。（中略）三時近くになつて退出なさつた。院に於いては殊にご満足のご様子であつたと。」

定家も、ほつとしたやうである。俊成は一応これで勅撰集の撰進といふ大きな仕事から解放されたわけだが、二日後、法皇からお達しが来る。

《廿四日。夜に入り、権尚書の奉書に云ふ、「撰者の詠《えい》乏少なり。猶三、四十首副《そ》へ進《まゐ》らすべし」と。》

俊成の作が少ないから歌を追加提出せよ、といふ仰せである。撰者だからといつて遠慮しなくてよい、と法皇が気を回したのであらう。追加提出の歌については、たぶん法皇が目を通して意見を言ふことになつてゐるのだらう。

定家は、俊成が千載集の撰をするのを傍らで見てゐた。のみならず、その手伝ひをしてゐたら

しい。晩年、定家が「順徳院百首」に記してゐるところによれば、

山がつの片岡かけてしむる庵《いほ》の境にみゆる玉のを柳　西行

この歌を千載集に入れるやうに進言したところ、俊成は結局「玉のを柳」といふ詞句を疑問視し、「事の体然《しか》るべしと雖《いへど》も、此の七字始めて詠み候ふか。押したる事か。又、事の体頗《すこぶ》る普通に非ず」として、この歌を採らなかつたといふ。また、

尾上《をのへ》より門田にかよふ秋風に稲葉をわたるさを鹿の声　寂蓮

これについて俊成は「おもしろき歌なり。これは道理叶《かな》はぬにあらねども、末代の歌損ぜんずるものなり。入るべからず」と難を示したけれども、自分の推薦によつて千載集に採録された、と定家は述べてゐる。

右の西行・寂蓮の歌を見ると、いづれも新奇なところがある。そこが俊成は気に入らなかつた。逆に若い定家からすれば、伝統から一歩踏み出したところに魅力を感じてゐたのであらう。作品に対する二人の評価のズレについて、久保田淳氏はその著『藤原定家』（ちくま学芸文庫）の中で次のやうに述べてゐる。

「これは、やはり趣向が過ぎた面白い歌を非とした父の言が正しかったという文脈のなかで語

られているのであるが、ともかく、俊成が大事な撰集の撰進の手助けをさせながら自身の後継者としての定家を育てていったこと、定家はそのような機会に先輩や仲間のさまざまな歌に目をさらし、その過程で批評眼・鑑賞眼を養っていたことが想像されて、興味深い。」

後年、定家は年老いてから勅撰集や物語の書写に励むことになるが、天福元年、七十二歳のときには千載集を書写した。そのとき次のやうな感想を明月記に漏らしてゐる。

《八月五日。朝陽間々《まま》晴れ、午の時微雨灑ぐ。未の時、千載集下帖を書き終る。老骨を顧みず遂に功を終ふ。此の集の躰《てい》、猶以つて遺恨多し。》

定家からすれば、千載集は遺恨多き集だつたやうである。「躰」とあるからこれは、歌の選択に問題があつたのではなく、たぶん部立《ぶたて》とか歌の配列などに不備があつたと言つてゐるのだらう。俊成撰の集に対して「遺恨多し」と言つてゐるのは、やはり定家が撰の助手をしたことを暗示する。

定家の歌は千載集に八首入つてゐる。うち一首は作歌年代が不明だが、残り七首はいはゆる百首詠から採られてゐる。出典を示すと次のやうになる。

初学百首（二十歳）から二首
堀河百首（二十一歳）から無し
二見浦百首（二十五歳）から四首
皇后宮大輔百首（二十六歳）から一首

改めていふまでもないが、このやうに若年の歌が勅撰集に採録されるのは（撰者が俊成であるにせよ)、定家の歌才が並々でないことを物語つてゐよう。このあとの「閑居百首」から採録されてゐないのは、すでに千載集の撰がおほかた終つてゐたからである。

ただ、あれほど周囲の評判のよかつた「堀河百首」から一首も採られてゐないのは、不思議である。すでに紹介したやうに、「父母怨ちに感涙を落とし、将来この道に長ずべきの由、返抄を放たる」といふふうに激賞された作品だつた。感涙を落とした父(俊成)が、この「堀河百首」から千載集に一首も入れてゐないのはなぜだらう? 俊成は感激した振りをしただけなのか、あるいは定家の回想に記憶違ひがあるのか、よく分からない。

十一、花月百首

千載集成立の翌年、文治五年（一一八九）に定家は次の二つの百首詠を残してゐる。

奉和無動寺法印早率露胆百首

重奉和早率百首

前者は「無動寺法印に和して奉る、早率露胆《さうそつろたん》の百首」、後者は「重ねて奉る、早率の百首」の意。無動寺法印とは慈円のこと。早率は、にはかなさま。ここでは〈あわただしく詠んだ〉ぐらゐの謙退の辞である。露胆は、胆を露《あら》はにした、つまり真情を披露した、の意。二つとも慈円の「楚忽《そこつ》第一百首」（文治四年の詠か）に和して詠んだ百首である。しかし、これまでの百首詠に比べると作品は冴えない。中には、

をちかたや花にいばえてゆく駒のこゑも春なるながきひぐらし　（奉和……）

玉桙《たまぼこ》の道ゆき人のことづても絶えてほどふる五月雨のそら　（同）

心うしこひしかなしとしのぶとてふたたび見ゆる昔なき世よ　（重奉……）

など幾つか良い歌はあるけれど、しかし全体的に平凡な作が多く、定家の歌としてはかなり類型的である。もしかすると、かつて「堀河百首」で「新儀非拠達磨歌」と批判されたことが、一時的に、定家を守旧的で無難で退屈な歌に向かはせたのかもしれない。それにしても慈円の百首に対して、なぜ一度ならず二度までも和して詠んだのか、不明である。謎の二百首と言ふほかない。

翌年の建久元年（一一九〇）、西行が没した。七十三歳であつた。このとき定家（二十九歳）は哀悼の歌を詠み、藤原公衡に送つてゐる。

建久元年二月十六日、西行上人身まかりにける、をはり乱れざりける由きさて、三位中将のもとへ

望月のころはたがはぬ空なれど消えけん雲のゆくへかなしな

大空に消えた雲にたとへて、西行の入寂を悲しんだ歌である。歌の左注に、「上人先年の詠《えい》に云はく、ねがはくは花のしたにて春死なんそのきさらぎのもち月のころ、今年十六日望日《ぼうじつ》也」とある。事実を正確に記すのは、定家の几帳面な性格のあらはれであらう。建久元年の二月十六日

は、現行暦に直すと三月三十日だから、まさに桜の季節である。昼は桜が咲き広がり、夜は望月が輝く。桜・月の歌に名作が多い西行が身まかるのに、いかにもふさはしい日だ。ふさはしすぎて、かへつて戸惑ひを覚えるが……。

さてこの年の秋、九月十三日の夜、九条良経の家で「花月百首」が披露される。出詠者は良経・慈円・定家・有家・寂蓮・丹後ら。構成は花五十首、月五十首。きはめて特殊な構成である。だからこの百首詠は、「ねがはくは花のしたにて……もち月のころ」の詠を遺した西行を追悼する催しであらうとされる。有力歌人たちの集つたこの百首詠について、竹西寛子氏は次のやうに書いてゐる。

「それにしても、これだけの歌びとが寄っての手厚いしのびである。ねんごろな催しである。人が人をしのぶ方法はさまざまにあってよいし、それが自然でもある。ただ、今の私は、十二世紀末の日本の貴族の間で、こういうしのぶ会が企てられ、しのびを実行した人々がいたという事実、日本の文化の振幅と起伏を、繰り返せば抽象的にではなく感じとらせる事実に直面して、佇《たたず》まざるを得ないのである。」

（「図書」平14・3）

花五十首、月五十首といふ前代未聞の構成は、まさに西行を送る人々の手厚い心をあらはしてゐよう。

さて定家の歌に入る。

さくらばな咲きにし日より吉野山そらもひとつにかをるしら雲

〈花五十首〉の第一首。桜の花が咲き始めた日から、吉野山は空の白雲も花の匂ひに満ちてゐる、の意。雲に花の匂ひを感じるといふのは、私たちから見れば嘘つぽいが、「雲も花の匂ひを帯びてゐるかのやうに白く美しく輝いてゐる」ぐらゐの読み方をすれば、すんなり歌に入つてゆける。私たちはリアリズム発生以後の人間だから、古典和歌を読むとき、頭を〈和歌バージョン〉に切り替へなくてはスムーズに歌を味はふことが難しい。

降りきぬる雨もしづくもにほひけり花より花にうつる山みち

花から花へ山道を歩いてゆくと、雨も、枝の雫も桜の匂ひがする、の意。直接表現されてゐないが、私は西行法師が花をたづねてさまよつたやうに吉野の山を歩いてゐる、といふ雰囲気のある歌だ。

槙の戸はのきばの花のかげなればとこも枕も春のあけぼの

「槙の戸」は、戸が槙で作られた簡素な山家をあらはす。「君待つと閨《ねや》へも入らぬ槙の戸にいたくな更けそ山の端の月」（新古今・式子内親王）などと同じである。

わが槙の戸の住まひは、桜の花陰にあるので、あけがたは寝床も枕も花がいつぱい散り込んでくる、の意。むろん虚構であらうが、夢幻的な美しい歌である。当時の桜の花は染井吉野ではなく山桜であつた。

山隠《がく》れ風のしるべに見る花をやがてさそふは谷河の水

風に乗つて桜の花びらが舞つてくる。作者の目に見えない、山かげのどこかに桜が咲いてゐるらしい。その花びらを誘ふかのやうに谷川の水が流れてゐる。

花びらが最後は谷川の水に散り込む、といふイメージを生かした歌である。西行の作「花さへに世をうき草になりにけり散るを惜しめばさそふ山水」を本歌としてゐる。素材はよく似てゐるが、西行の歌は眼前に花があり、定家の歌は見えない所に花がある。本歌から離れようと、小さな工夫をほどこしてゐることが分かる。

次は〈月五十首〉より。

さむしろやまつ夜の秋の風ふけて月をかたしく宇治の橋姫

秋の夜、宇治の橋姫が筵の上に横たはつて男を待つてゐる。風が吹き、夜が更けても男は来ない。橋姫は衣を片敷いて、むなしく月を眺めてゐる。

一枚の衣を敷き広げ、その上に一対の男女が並んで寝る。男が来ないと、女は衣の半分を敷いて寝ることになる。これが「かたしく（片敷く）」である。残り半分の空白が、男の不在を際立たせる。「月をかたしく」とは、その空白に月の光が射してゐることをいふ。美しくまた荒涼たる光景であり、見捨てられた女の凄まじい孤独感が浮かび上がつてくる作品である。

前に八章で「殷富門院大輔百首」を取り上げた時、「をちかたやはるけき道に雪つもり待つ夜かさなる宇治の橋姫」といふ歌に触れたが、この「さむしろや……」の歌は更に鮮やかなイメージを織り込んで〈待つ恋〉の悲哀を詠ひ上げてゐる。「花月百首」の中の白眉の一首で、のち新古今集に入集した。

ながむれば松より西になりにけりかげはるかなるあけがたの月

これは単純明快な歌である。あまりに単純なので、歌のどこかに細工がほどこされてゐるのかと思つたが、それらしい所も見当たらない。「松」は「待つ」を懸け、また「西」は西行とか西方浄土などを懸けてゐる、と考へると面倒になるので、私は単なる叙景歌として読む。

旧暦では、いつも十五日ごろ、日没と同時に東から満月が昇る。そして満月は一晩かかつて夜空を渡り、あけがた西に沈む。この歌の「あけがたの月」はその満月をさす。作者は、一晩ぢゆう下界を照らした月を愛でて、いま西に沈まうとする月の光を惜しんでゐる。この一首はそんな気持で詠まれた作であらう。さう考へると、やはりこの歌には、月を愛した歌人・西行を偲ぶ心がこもつてゐるやうな気がしてくる。

「花月百首」は、最初に述べたやうに花五十首、月五十首から成り立つてゐる。季節でいへば、花は春、月は秋。しかも、歌は季節の推移に従つて細かく厳密に並べられてゐる。つまりこの百首は、題材・季節の両面で強い限定のもとに作られてゐる。その結果、作品を読んでゐると、どうしても窮屈な感じを受ける。だから、むしろ「花月百首」は催しのユニークさ、そして制約された狭い範囲の中でいかに変化のある花・月の歌を詠んでゐるか、といつた点を見るべき作品群であらう。

西行追善の作品にしては、西行の歌を本歌とした詠《えい》が無いのが不思議である。いや、不思議ではない。近い時代の歌は本歌にしないのが当時の常識であつた。「……やがてさそふは谷河の水」の作はむしろ例外なのだ。

十二、速詠の二百首

「花月百首」を詠んだ建久元年（一一九〇）、定家は二十九歳であつた。この年、ほかに定家は「一字百首」と「一句百首」を詠んでゐる。どちらも短時間で大作を詠む《速詠》である。ここで定家は、百首歌を素早く作り上げる力を如実に示した。

「一字百首」一連には、「建久元年六月、触穢《しよくゑ》の事有りて籠居す。徒然《つれづれ》に依り、上の字百を書き出し、三時《さんとき》に之を詠む」といふ前書がある。親戚の誰かが死ぬとか、何かの穢《けがれ》があつて外出できず、ひまに任せて歌を詠んだのである。「上の字百」とは、

あさがすみ、むめのはな、たまやなぎ、かきつばた、ほととぎす、とこなつ、はなたちばな、をみなへし、しのすすき、ふぢばかま、（以下略）

のやうな、いはゆる歌言葉をさす。これらの字（計百字）を選び、その一つ一つを頭に置いて

歌を詠んだのだが、三時（六時間）で百首作つたのだから凄い。歌はきちんと季節の推移に従つて詠まれてゐる。例へば「あさがすみ」は早春をあらはす言葉だから、

あらたまの年をひととせかさぬとや霞も雲に立ちはそふらん
さゆる夜はまだ冬ながら月影のくもりもはてぬけしきなるかな
かすが山てらす日影に雲消えて若菜ぞ春をまづは知りける
すぎがてに摘めどたまらぬ唐《から》なづなうらわかく鳴く鶯のこゑ
みやま木のかすみは雪のうへとぢてなほ雲うづむ草の庵《いほ》かな

といふふうに、早春を詠んでゐる。以下同様に、全て「上の字」と歌の内容が一致するやうになつてゐる。ちなみに、恋の歌で用ゐられた文字は、

おもかげに、こひわびて、うちもねず。

の十五字である。まことに心憎い字ではないか。

六時間で百首詠むのは、一時間で十五、六首といふ計算になる。レベルダウンしないで歌をそんなに早く作れる歌人は、現代には余りゐないだらう。私など、いくら早く作つても一日に十首ぐらゐが精一杯である。

次の日、定家は「一句百首」を詠む。これは、例へば「春くれば」「けふの子《ね》の日の」「かすみ

立つ」など、よく歌に出てくる五音または七音のフレーズをあらかじめ決めておき、それを所定の場所に入れる、といふ方法で歌を詠んでゐる。例として、春の「かきつばた」、夏の「蟬のもろごゑ」を詠み込んだ歌を引いておかう。

おもだかや下葉にまじるかきつばた花ふみ分けてあさる白鷺
山ざとは蟬のもろごゑ秋かけてそともの桐の下葉落つなり

連日の速詠だから、さすがに秀歌といふべきものは見出しにくい。この百首は、前書に「翌日、更に一句（百句）を出し、五時《いつつとき》に之を詠む」とあるから、十時間かけて詠んだらしい。具体的なことは分からないが、この「一字百首」「一句百首」といふ二つの速詠は、純粋な作品といふよりも、誰かに見せるためのパフォーマンスのやうなものではなかつたか、と憶測する。さうでなければ、一日で二百首も作つたりしないだらう。

この年（建久元年）、明月記の記事はきはめて少ない。歌とは全く関係のないことが記されてゐるが、参考までに引いてみる。
《十二月九日。天晴る。束帯を著《ちやく》し、駄《だ》に乗りて参ず。内侍所の御神楽なり。暫しありて殿下・大将殿参ぜしめ給ふ。人長《ひとのをさ》遅参する間、深更に及ぶ。宰相中将為綱、直衣を著して参ぜらる。閑所《かんじよ》に於いて暫し談話す。子《ね》の時に及びて事始む。女房等簾中に入る。親昵《しんぢつ》の公卿少々なり。忠孝此の中にあり。出でおはします無きに依るなり。次いで殿上人著座（南上東面、西の幔に副ひて座を敷く）。頭中将・隆信朝臣・成定朝臣・顕兼朝臣・予・家綱・親長・能資等著座す。召し人、次第に著座す。顕家は本、基宗は末。隆雅琴、公頼笛、忠行篳篥《ひちりき》。召し人、著座し了んぬ。隆信・成定・乾盃。人長、此の間に著座す。度々催さる。次いで顕兼・予、乾盃。其の後、恒の如し。末座の乾盃、座末を経。殿上召し人の後ろより著座し、之を撤す。履《くつ》を脱がず、尻を曳く。暫く座に還りて座し、程無く起ち了んぬ。閑所に睡眠するの間、早歌《さうが》を聞く。又指し出でて、禄を取るの後、退出す。》

内侍所で行はれた御神楽に関して、その日参加した人々の名前や、行事の進行の仕方などが事細かに記されてゐる。はつきり言へば、あまり面白みのない記事であるが、後日、自分（あるいは子孫）のために絶対必要な記録なのであらう。大まかに言つて明月記の半分ぐらゐは、かうした非文学的・無味乾燥な行事記録で占められてゐる。〈事実記録魔〉ともいふべき定家のそのエネルギーには驚かされるが、綿密に記録しておかなければ貴族は生きて行けなかつたのであらう。それにしても凄い記憶力である。

十三、十題百首

翌年の建久二年（一一九一）は、定家三十歳。「いろは四十七首」「十題百首」を詠んだ年である。ここで、前年やしなつた速詠の力が発揮される。

この年も、明月記の記事は少ない。だが内容は直接歌に関連してゐる。

《八月三日。天晴る。大将殿、来たる十三日に、御作文・管絃・和歌等有るべし。光範、題を献ぜらる。》

大将殿（良経）の家で漢詩文と管絃と和歌の催しが行はれる予定、といふ記事である。このころから定家はしきりに良経主催の歌会に参加するやうになる。大ざつぱな言ひ方が許されるなら、定家は初め俊成のもとで歌を学び、ついで良経のもとで作歌力を鍛へ、のち後鳥羽院のもとで歌風を完成してゆく、といふふうな道を辿る。

《十二月廿七日。夜、雪既に積む（三寸許り）。朝、天晴る。今日百首の歌を大将殿に進《まゐ》らす。披講に於いては出仕を期すべき由、仰せらる。病気猶扶《たす》け得ざるの間、参入する能はず。》

これは「十題百首」を良経に詠進したといふ記事である。いづれ皆に披講する折りには出仕せよ、と言はれ、病弱のため躊躇してゐる。

《閏《うるふ》十二月四日。午の時許り無動寺の法印に参ず。牛車を悦び申すためなり。見参良々《やや》久しきの後、件の少輔・入道同乗して退出す。路次、押小路殿并びに中宮に参ず。此の間、入道車の中に在り。相次いで一条殿に参ず。昨日の仰せに依るなり。夜に入り、百首を読み上げらる。（御歌・入道・予、三百首なり。）事畢《をは》りて当座の狂歌等有り。深更相共に家に帰る。》

「閏十二月」は、正規の十二月の後ろに追加された月である。旧暦は、ｍｏｏｎの満ち欠けに合せて、だいたい交互に三十日のｍｏｎｔｈ（大の月）と二十九日のｍｏｎｔｈ（小の月）を置く。そして時折り、閏月を挿入して暦と季節のずれを手直しする。面倒だが、なかなか味のある暦法である。

記事の大意は、「午ごろ、慈円のもとに参ず。牛車の宣旨をお悦び申すためなり。見参ののち、寂蓮、俊成同乗して退出す。路の次いで、押小路殿並びに中宮に参ず。俊成は車の中で待つ。相次いで良経邸に参ず。昨日の仰せによる。夜に入り、百首を読み上げられる。（良経の御作、俊成、自分、計三百首なり。）事が終つて即興の狂歌（ざれ歌）が行はれる。夜更けて共に帰宅す。」

牛車の宣旨（牛車に乗つたまま建礼門まで入るのを許される）のお祝ひを述べに慈円の所へ出掛けたり、帰りにあちこち挨拶回りをしたり、夜は「十題百首」三人分の歌が披講されるのを聴いたり、いろいろ大変である。これを見ると、下級貴族の生活も楽ではない、と同情の念が湧いてくる。

さて、その「十題百首」の内容を見てゆかう。十題とは、天・地・居処《きよしよ》・草など、やや大きな分類による十の題である。そして、それぞれの題のもとに小さな題が設定されてゐる。参考までに最初の「天部《てんのぶ》」の歌を掲げよう。

久方のくもゐはるかにいづる日のけしきもしるき春は来にけり
いく秋のそらをひと夜につくしても思ふにあまる月の影かな
すべらぎのあまねき御代《みよ》をそらに見て星の宿《やどり》のかげも動かず
あまの河年の渡りの秋かけてさやかになりぬ夏の夜のやみ
はかなしと見るほどもなしいなづまの光にさむるうたたねの夢
こたへじないつもかはらぬ風の音になれし昔のゆくへ問ふとも
見ず知らぬうづもれぬ名のあとやこれたなびきわたる夕暮の雲
けふ暮れぬあすさへ降らむ雨にこそおもはむ人の心をも見め
この日ごろ冴えつる風に雲こりてあられこぼるる冬のゆふぐれ
かきくらす軒端のそらにかず見えてながめもあへずおつる白雪

このやうに「天部」には、日・月・星など、いはゆる天象《てんしやう》に属するものが詠まれてゐる。これまでも、むろん定家の作品中に天象が詠み込まれることはあつたが、天象そのものを題にして詠むのはこれが初めてである。百首全体の構成は次のやうになつてゐる。「地部《ちぶ》」「居処」「獣」「虫」などの題が珍しい。また、小題の中には意外なものもあつて興味深い。

○天部（十首）
日・月・星・闇・稲妻・風・雲・雨・霰・雪。
○地部（十首）
山・海・岩・川・池・沢・浦・関・橋・野。
○居処（十首）
禁裏・後宮・家門・花洛《くわらく》・近衛府・国府・駅《うまや》・山家・田家・故郷。
○草（十首）
葵・山藍・日陰草・蓬・思草・忍草・浜木綿・麻《を》・萱・芹。
○木（十首）
松・杉・檜・槻・椎・槇・椿・桐・櫨・楢。
○鳥（十首）
鷲・鷹・隼・雉・鷺・雀・鶉・鶺鴒・頬白・燕。
○獣（十首）
馬・牛・猪・兎・犬・猿・熊・狐・羊・虎。
○虫（十首）

蛙・蛍・蝶・蜩・蜉蝣《かげろふ》・蚊・蜘蛛・蜂・蓑虫・紙魚《しみ》。

○神祇（十首）

伊勢神宮・鹿島神宮・春日神社・大原野神社・賀茂神社・金峰《きんぷ》神社・白山権現・那智山・住吉神社・日吉山王。

○釈教（十首）

歓喜地・無垢地・明地・焔恵地《えんねぢ》・難勝地・現前地・遠行地・不動地・善慧地・法雲地。

以上で合計百首となる。たぶん大枠（十題）は良経が決め、細かい具体的な題は定家が自分で選んだのではなからうか。最後の「釈教」十首の題は全て仏教用語であり、ここは私は歯が立たない。

「十題百首」の構成を見ると、この世に在る諸々《もろもろ》のものを体系的に秩序だてて並べようとする意識の芽生えが感じられる。久保田淳氏は次のやうに述べてゐる。

「結果的には百の小題をもうけたと同じことになるのであるが、それを十ずつまとめているところに、当時におけるいわば百科全書的というか、博物誌的体系をもった知識への関心がうかがわれる。」（『藤原定家』）

このあと、時代がくだるにつれてその博物学的な関心がさらに大きくなつて歳時記が生み出された、と考へ得るであらう。

ところで、「鳥」「獣」「神祇」の題の中には、定家が実際には見てゐないだらうと思はれるものが幾つも混じつてゐる。当時の歌人は、見てうたふだけではなく、伝聞によつてうたふことにも習熟してゐたのである。

「獣」「虫」の作品を読むと、和歌に詠まれることの稀な、珍しいものが登場する。

思ふには遅れんものか荒熊のすむてふ山のしばしなりとも

塚ふるき狐の仮《か》れる色よりもふかきまどひにそむる心よ

ほどもなく暮るる日かげにねをぞなく羊の歩み聞くにつけても

たか山の峯ふみならす虎の子ののぼらむ道の末ぞはるけき

右四首、分かりにくい歌もあるが、歌意はおよそ次の通りであらう。

熊の歌……思ひを寄せてゐる人のあとを行く時は、決して躊躇したりしない。たとひ荒々しい熊が住む柴山をゆく時でも、暫しも遅れずについて行きます。（「しばし」に「柴」を掛けてゐる。）

狐の歌……古い塚に住む狐が化けた美女よりも、もつと妖美を湛へた女性に強く執着してしまふ、この愚かな心よ。

羊の歌……間もなく暮れてゆかうとする光の中で、よるべ無く私はひそかに泣く。羊が通り過ぎて（午後三時が過ぎて）、夕方の鐘の音を聞くにつけても。

虎の歌……高い山の峰を踏み鳴らしながら虎の子が登つてゆくが、その道の行く手は遠くて険しい。

右のうち、三首目は「羊」を時間用語として使つたのが意表をついてゐる。羊（時を表はす場合は「未」と書く）の刻は、午後一時〜三時をいふ。この歌は、日が暮れてもどうせあの人は来ない、といふ恋の嘆きを詠んでゐるのだらう。

つづく「虫」の部には、さらに珍しいものが詠み込まれてゐる。

　草ふかきしづの伏屋《ふせや》の蚊ばしらにいとふけぶりをたてそふるかな
　春雨のふりにし里をきてみれば桜の塵にすがる蓑虫
　おのづからうちおく文も月日へてあくれば紙魚《しみ》のすみかとぞなる

蚊の歌……草深い庶民の粗末な家に、蚊柱が立つてゐる。そして蚊の嫌ふ蚊遣《かやり》が焚かれてゐる。（「いとふ」の主語を蚊でなく人間だとする解釈もある。）

蓑虫の歌……春雨の降つた故郷に来て、あたりを歩いてみると、散つた桜の枯れ葉に蓑虫がすがりついてゐる。（「桜の塵」は、散つた花びら、とする解釈もあらうが、蓑虫は秋のものであるから、「塵」はやはり枯れ葉を言ふのだらう。したがつて、初句「春雨の」は「ふり」を引き出す序詞といふことになる。）

紙魚の歌……分かりやすい歌なので、解釈は略。

これらの虫の歌はいづれもユーモアを帯びた親しみやすい作である。それにしても蚊柱・蓑虫・紙魚は、中世和歌らしくない、やや卑俗な素材である。すでに江戸俳諧の素地がこのころ和歌の中にかすかに生まれつつあつた、といふ印象を受ける。ちなみに蚊柱、蓑虫、紙魚はいづれも俳諧の季語になつてゐる。

ずつと後年のことだが、明月記に次のやうな記事が見える。寛喜二年、定家六十九歳の年である。

《六月廿四日。天晴る。申《さる》の後、漸く陰《くも》る。不食といへども、念誦に依り沐浴す。昨今暑気あり。東の小屋に蛇あり。友村を以つて取り弃《す》てしむ。腹中に物を飲む。庭中に出すの間、漸く之を吐き出す。蛙なり。未だ死せず、漸く動揺す。水中に入れしむるに事無く命存《なが》らふと。蛇に於いては川原に弃つ。蛙已に生く。悪しき事にはあらざるか。》

暑さでぐつたりするやうな夏の或る日、小屋から蛇が出て来て一騒ぎ起きたのである。蛇は腹に蛙を飲んでゐた。定家は使用人に命じてこれを助け出し、胸をなでおろしたやうだ。かうした記事を見ると、気味悪い物にも関心を示す定家の好奇心の強さが浮かび上がつてくる。「虫」の部に、蚊・蓑虫・紙魚などを取り上げたのも、さうした好奇心の反映であらうと思はれる。

事のついでに、もつと怪しげな生き物のことを記した天福元年、定家七十二歳の記事を引いておかう。

《八月二日。終日陰る。南京《なんきやう》の方より来たる使者の小童云ふ、「当時、南京に猫股《ねこまた》と云ふ獣出で来。一夜に七、八人を啖《く》ふ。死する者多し」と。或は又件《くだん》の獣を打ち殺す。目は猫の如く、其の体犬の長さの如しと。二条院の御時、京中に此の鬼来たる由、雑人称す。又、猫股の病と称し、諸人病悩するの由、少年の時、人語る。》

「南京」は奈良、「当時」は今の意。奈良の方から来た童子が猫股の噂を伝へた。目が猫のやうな怪しい光を帯び、人をかみ殺すやうな巨犬——それが猫股の正体であつただらうか。闇の中にこのやうな奇怪な生き物や鬼などが出没するのが、中世といふ時代であつた。その背景には、たびかさなる天災・飢饉があり、さうした異変から生じる人間の精神的不安や迷妄があつた。右の記事によれば、定家は若いころ猫股といふ病気のことを聞いたことがあるといふ。狂犬病かもしれない。動物の猫股よりも病気の猫股の方がなほいつそう恐怖感をそそる。

さてこの百首歌は、〈十題によつて、大まかながらも天文・地文をゑがかうとしたこと、及びそれぞれの小題の珍しさ〉といふ特徴が目につくが、作品としては次のやうな歌が優れてゐよう。

をしのゐる蘆の枯間《かれま》の雪氷冬こそ池のさかりなりけれ

「池は、鴛鴦がゐて枯れ蘆のあひだに雪が積もつたり氷が張つたり、といふやうな冬景色がいちばんいい」と、冬の荒涼美を讃へる歌である。

ゆふだちのくもまの日かげ霽《は》れそめて山のこなたをわたる白鷺

「夕立が通り過ぎて、雲間から日差しが漏れ始めた。山のこちら側を、白鷺が日差しを浴びながら飛んでゆく」と、美しい自然の一齣を描写してゐる。のち、この一首は玉葉集に入集した。

み山ふく風のひびきになりにけりこずゑにならふ日ぐらしのこゑ

「山を吹く風の響きそのものになつたかのやうに、木々の梢で蜩が鳴きつづけてゐる」とうたひ、山いつぱいに広がる涼気を感じさせる作である。

このうち、特に「ゆふだちの」「み山ふく」の作は、歌の姿がよく、何ともいへない品格を備へてゐる。かういふ歌を現代短歌で見かけることが少なくなつたのは残念である。

考へてみれば、これら優美な歌は「猫股」といふ名の獣や病気が潜む中世の暗闇の底から咲き出た美しい花なのである。

十四、いろは歌

建久二年（一一九一）、定家三十歳。前章で取り上げたやうに、定家はこの年十二月「十題百首」を詠んだが、じつはその前（同年六月）に「いろは四十七首」を詠んでゐる。順序が逆になつたが、本章ではその作品について触れよう。「いろは四十七首」は、いろは四十七文字をそれぞれ歌の頭に置いて詠んだ連作である。一連の前書に、

「建久二年六月、月あかかりし夜ふくるほどに大将殿よりいろはの四十七首をつかはして、御使につけてたてまつるべきよし侍りしかば、やがて書き付け侍りし。」

とある。某夜、いきなり良経から「いろはの四十七首」を詠めと命じられた。使ひが待つてゐるのだから、ぐづぐづしてゐられない。「やがて書き付け侍りし」とあるが、このころの「やがて」は、直ぐに、の意である。定家は急いで四十七首を詠んだ。主君から命じられたら、無理難題でも何でも応へなければ歌人として軽んぜられる。逆に、クリアしてゆけば評価も高まるのである。

すでに「一字百首」で見たやうに、定家は六時間で百首詠んだ経験がある。そのペースでゆけば四十七首は、三、四時間で仕上げたかもしれない。速詠は得意なのだ。

よく知られてゐるやうに、所定の文字を各句の頭に置いて詠むのを折句といふ。折句といへば、古来「かきつばた」を詠み込んだ在原業平の「からごろも着つつなれにし妻しあればはるばる来ぬる旅をしぞ思ふ」の作が有名だが、定家の時代も折句はさかんだつたやうだ。明月記を見ると、建仁二年九月十三日に「じふさむや」(十三夜)、また建仁三年八月十五日に「あきのつき」といふ文字を即興で詠んだことが記されてゐる。

折句に比べれば、「いろは四十七首」は簡単だ。歌の頭に所定の一字を詠み込めばいいのである。とはいへ歌数が多いし、短時間に詠まねばならない。それに、ラ行音で始まる歌を五首詠む、といふ難問がある。

しかし、定家は主君の命令に応へた。「いろは四十七首」は、速詠といつても、むろんただの雑詠でない。春十首・夏十首・秋十首・冬十首・恋七首といふふうに、きちんと構成されてゐる。例として、「春十首」の初めの七首を挙げてみよう。

いつしかもかすめる空のけしき哉ただ夜のほどの春のあけぼの
楼のうへの秋ののぞみは月のほど春は千里《ちさと》の日ぐらしの空
春は来て谷の氷はまだとけずさはおもひわく鳥の音《ね》もがな
にほひきぬまたこの宿の梅の花人あくがらす春の明けぐれ

ほのぼのとかすめる山の峯つづきおなじ雉《きぎす》の声ぞうらむる
へて見ばや滝のしらいと岩こえて花ちりまじる春の山ざと
ときはなるみどりの松の一しほは匂はぬ花の匂ひなりけり

こんなふうに「い・ろ・は・に・ほ・へ・と」が詠み込まれてゐる。作品そのものの出来は、たぶん普通であらう。二首目の「のぞみは」は「眺めは」の意である。

この七首の中では、六首目の「へて見ばや」がいいと思ふ。「滝から落ちてくる白い糸のやうな水が岩を越え、その激《たぎ》ちの中に桜の花びらが散り混じつてゐる。これも素晴らしい景色だが、時を経て、新緑の中を流れる水もまた美しいだらう。それを見たい」の意である。現在の美と、時経てからの美を両方言つてゐるのが非凡である。

問題のラ行音はどうか。ラリルレロで始まる大和言葉はない（「坩堝」だけが唯一の例外である）。だから、ふだん和歌では使はぬ漢語を用ゐるほかない。すでに「ろ」は「楼」といふ言葉で右のやうに詠み込まれてゐる。これは違和感のない歌になつてゐる。他の「ら・り・る・れ」を見よう。

礼《らい》し拝むただ秋萩のひと枝も仏の種はむすぶとぞ聞く
竜門《りゆうもん》の滝にふりこし雪ばかり雨にまがひて散る桜かな
瑠璃の地に夏の色をば変へてけり山のみどりをうつす池水

例《れい》よりもこよひ涼しき嵐かな秋待つかげの山の井の水

どれも無難にこなしてゐるといふ印象を受ける。「礼し拝む」の歌は、仏前に秋萩を供へてゐる場面を詠んだもの。現代では礼拝といふキリスト教的な言葉があるが、この「礼し拝む」は畏敬の念をもつて神仏を拝する、の意である。次の「竜門の滝」は吉野にある滝の名で、古今集に出てくる。また「瑠璃の地に」の歌はやや難解だが、「池の水は、山の緑を映し出して、大地の夏景色を瑠璃色に変へてしまつた」の意であらう。

もしこの「いろは四十七首」から秀歌を選ぶとすれば、先の「へて見ばや」のほかに次の二首を挙げたい。

けぶりさへ目にたつけさの住まひかな梢あらはにはるる山里
ひさしくもなりにけるかなかりそめに契りしままの世のはかなさは

いづれも単純な歌である。前者は、冬晴れの山里の景をうたふ。柴を焚く煙や、葉の落ち尽くした冬木の繊細な枝が目に浮かぶ。後者は、かりそめに契つた女性と再び逢ふこともなく時が過ぎ去つたことを言ひ、この世の空しさを静かに嘆いてゐる。

さてここで歌の歴史に目を転じてみよう。所定の文字を歌の頭に置くといふ作歌法は珍しいも

のではないが、大掛かりな連作としては和泉式部の作品群がある。和漢朗詠集の「無常」の部に、唐代の詩人羅維《らゐ》の作として、

身を観ずれば岸の額に根を離れたる草。
命を論ずれば江の頭に繋がざる舟。

といふ詩が入つてゐる。大意は「この身は、崖の突き出た所に、根を離れた草のやうなもの。また、命といふものは、入江のほとりに綱を解かれて漂ふ舟のやうなもの」。世の無常、命のはかなさを詠じた詩である。仮名文字であらはすと、「みをくわんずれば、きしのひたひにねをはなれたるくさ。いのちをろんずれば、えのほとりにつながざるふね」となる。和泉式部はこれらの文字を頭に置いて連作を試みた。

みるほどは夢も頼まるはかなきはあるをあるとて過ぐすなりけり　　和泉式部
をしへやる人もあらなん尋ねみん吉野の山の岩の懸道《かけみち》
観ずればむかしの罪を知るからになほ目の前に袖はぬれけり
住江《すみのえ》の松に問はばや世に経ればかかる物思ふ折りやありしと
例よりもうたて物こそ悲しけれわが世の果てになりやしぬらん
はかなくて煙となりし人により雲居の雲のむつましきかな

それぞれ「み」「を」「くわん」「す」「れ」「は」の文字を詠み込んでゐる。「ん」で始まる語はないから「くわん」で済ましたのである。これは已むを得ないだらう。こんな調子で和泉式部は歌を詠み継ぎ、計四十三首の歌を詠んでゐる。最後の「つ」「な」「が」「ざ」「る」「ふ」「ね」の歌を挙げてみよう。

露を見て草葉のうへと思ひしはとき待つほどの命なりけり　和泉式部
なにのため生《な》れるわが身といひ顔《がほ》にやくとも物の歎かしきかな
限りあればいとふままにも消えぬ身をいざ大方は思ひすててん
さなくてもさびしきものを冬くればば蓬の垣のかれがれにして
類《るい》よりもひとり離れて知る人もなくなく越えん死出の山道
吹く風の音にも絶えて聞こえずは雲の行くへを思ひおこせよ
寝し床《とこ》に魂《たま》なき骸《から》をとめたらば無《な》げのあはれと人も見よかし

やはりラ行音が難関となつてゐる。右に見える「例」「類」のほかに、「瑠璃」「櫓」「竜胆」が用ゐられてゐる。

和泉式部から約二百年後の歌人・定家は同じやうに「れ」は「例」の文字を用ゐた。また、先に引いた「瑠璃の地に夏の色をば」の歌は明らかに、

瑠璃の地と人も見つべしわが床は涙の玉と敷きに敷ければ　　和泉式部

といふ作を応用してゐる。定家は和泉式部の歌からさまざまなものを学びとつてゐる。優れた二人の歌人をつなぐ多数の糸のうち一本が見えたやうな気がする。

無常をうたつた詩を訓読し、その一字一字をとつて和泉式部は無常の歌を詠んでゐるが、それら全ての歌が優れてゐる。胸中に強い無常観があつて詠み起こされた作品群であらう。比べると定家の「いろは四十七首」は、四季の歌及び恋の歌から成つてをり、多彩だがテーマの統一性はない。仕方ないだらう、もともと主君良経の命令で詠んだ連作なのだから。和泉式部の連作から、作歌動機の大切さといふことを教へられた思ひである。

所定の文字を入れて歌を詠むこと、これを仮に字詠《じえい》と呼ぶことにしよう。右の和泉式部の歌も定家の歌も、この字詠作品である。

ふたたび短歌史に目をやつてみよう。すると、与謝野晶子の最終歌集『白桜集』の中にある連作「寝園」が浮かび上がつてくる。昭和十年、夫の鉄幹が死去したとき晶子は挽歌群を作つたが、それが「寝園」五十五首である。寝園はたぶん「しんゑん」と読み、墓地を指すのだらう。初めの数首を引かう。

青空のもとに楓のひろがりて君亡き夏の初まれるかな　　与謝野晶子

山の上大樹おのづと打倒れまたあらずなる空に次ぐもの
蕭々《せうせう》と万里と云ふ名選ばれし子等《しら》の二十《はたち》と君が三十
わが机地下八尺に置かねども雨暗く降り蕭《しめ》やかに打つ
桜過ぎ五七日には伝ひ行く雑木の杜《もり》のまだらの若葉
一人にて負へる宇宙の重さよりにじむ涙のここちこそすれ
君が行く天路《てんろ》に入らぬものなれば長きかひなし武蔵野の路

一首一首どの歌にも、せつせつと鉄幹の死を惜しみ悲しむ情がにじみ、或いは溢れてゐる。だから「寝園」は自然に作られた歌群のやうに見える。けれど、じつは全て字詠の作品なのだ。一連の前書に、かう記されてゐる。

「故人の五七日に吉田学軒先生より『楓樹蕭蕭杜宇天。不如帰去奈何伝。読経壇下千行涙。合掌龕前一縷香。志業未成真可恨。声名空在転堪憐。平生歓語幾回首。旧夢茫茫十四年』と云ふ詩を賜りたれば、この五十六字を一つづつ歌に結びて詠める。」

見ればすぐ分かるやうに右の七首には順に「楓・樹・蕭・蕭・杜・宇・天」の字が詠み込まれてゐる。「字を結びて詠む」とは字詠のことである。字詠は、外的な要因、すなはち特定の制約の中で歌を詠む方法であるが、それでゐながら真《まこと》の情を表現することが可能だといふことを晶子の作品は示してゐる。詳述しないが、更に「寝園」一連は二つの謎を秘めてをり、まことに興味深い連作である。晶子は『みだれ髪』だけでなく『白桜集』といふ第二の峰をもつ歌人である、といふことを、ついでに言つておきたい。

建久三年（定家三十一歳）、また主君良経から「いまこむといひしばかりにながつきのありあけのつきをまちいでつるかな」（素性法師）といふ歌の三十二文字を頭に置いて歌を詠めと命じられる。

さらに建久七年（定家三十五歳）、またもや良経から「秋はなほ夕まぐれこそただならね荻の上風萩の下露」（藤原義孝）の三十一文字で歌を詠めと命じられる。

いづれも速詠である。定家はどんな場合でも主君の命に応じて歌を詠むが、内心は虚しかつたのではなからうか。あの和泉式部の字詠作品が内的衝迫によつて詠まれ、それゆゑに優れた作品群となつたことを定家は知つてゐたであらう。良経のもとでむなしく苦行を重ねてゐるといふ思ひだつたのかもしれない。右の建久七年の作品三十一首の前書に、次のやうに記されてゐる。

「建久七年秋ごろ、いたはる事侍りてこもりゐたる夕つかた、大将殿より、この歌を上《かみ》におきて、只今と侍りしかば、使ひに付けてまゐらせし。いま見れば歌にてもなかりけり。」

体調のすぐれない時に、良経から歌詠めの命令が来たのだ。そしていつものやうに必死で歌を詠んだ。この「いま見れば歌にてもなかりけり」といふ言葉が胸を打つ。これは歌ではない、と思ひつつ歌を詠まねばならないのが、定家の宿命であつた。だが、その苦渋に打ち克つ力、すなはち芸術家としてのパワーと精神的な粘り強さが定家にはあつた。

十五、後白河の崩御

建久元年（一一九〇）及び建久二年は、これまで述べてきたやうに定家は「一字百首」「花月百首」「いろは四十七首」「十題百首」など歌数の多い連作をこなし、多作の時期であつた。建久元年には三二七首、二年には二三一首の歌が作られてゐる。（石田吉貞著『藤原定家の研究』）

それにつづく建久三年（定家三十一歳）は、急に歌数が少なくなる。わづか三十三首である。それだけしか作らなかつたのか、それとも作つた歌が残されてゐないのか、たぶん後者であらうが正確なことは分からない。

さて、この建久三年には大きな出来事があつた。後白河法皇の崩御である。明月記に次のやうに記されてゐる。

《三月十日。天晴る。前斎院女房達（女別当・大納言殿）来らる。昏に臨みて帰る。法皇、夜《や》前《ぜん》より又六借《むつか》しくおはしますと云々。》

女別当（定家異腹の姉）や大納言殿（同腹の姉）が来て、法皇の容態がまた悪くなつたことを告げたのである。法皇はマラリアのやうな病気にかかつてゐたらしい。「夜前」は前夜に同じ。「六借しく」は「難しく」の当て字である。明月記にはこの「六借」の表記がよく出てくる。あとで読み返すとき、「法皇自夜前又難御云々」とあるよりも、「法皇自夜前又六借御云々」の方が読みやすいからであらうか。

《同十三日。天晴る。未明に雑人云ふ、「院已に崩御」と。或説に云ふ、「亥の刻許りに御気絶《おんき》え了んぬ。而れども秘せらるるの間、人知らず」と云々。此の間、閭巷《りやかう》猶静かなり。》

崩御の噂は本当か、本当だとすれば葬送の儀はどのやうに行はれるか、など、いろいろ知らなければならないことがある。だがテレビもラジオもないし、世間は静まりかへつてゐる。明月記は続けて記す。

《実否を聞かんがため、御所の辺りを伺はしむるの間、車馬競ひ馳す。（天明の程なり。）即ち束帯を着《ちやく》し、先づ関白殿に参ず。押小路洞院の大路に於いて、御車に逢ひ奉る。即ち車を下り、御共に参ず。》

関白殿（兼実）もすでに行動を起こしてゐた。このあと定家は御所に参内し、〈入棺・遺詔・倚《い》廬《ろ》・諒闇〉のことなどについての情報を得ようとする。儀礼に密着して生きてゐる貴族たちは、これらのことを聞き漏らすと大変なことになりかねない。（入棺は納棺のこと、遺詔は帝王の遺言のこと、倚廬は天皇が父母の喪に服するとき仮屋にこもること、諒闇は喪に服する期間のこと。）

明月記によれば、この日御所に集まつた人々は、葬儀のとき殿上人は纓《えい》（冠の付属具）を巻くべきか垂らすべきか、と真剣に議論したといふ。大きなことから小さなことまで、全て疎かにできないのである。まだ入棺について公式発表がないので定家はいつたん退下したが、そのあともあちらへ寄り、こちらへ寄りと、まことに忙しい。

《……五条殿に参ず。法王《ママ》御臨終の儀、更に違乱無し。夜前、戌の刻許りに御仏に渡し奉らる。其の後、御念仏。遂に眠るが如く終らしめおはしますと云々。（中略）晡時《ひぐれどき》又束帯を着し、先づ六条殿に参ず。斎院・殷富門院両の御方の女房に謁す。今夕、御入棺と云々。即ち退出す。》

このあと定家は、秉燭の程（夕方）にふたたび参内し、入棺の儀式に集まつた数十名の人々の様子およびその名前を詳しく記録してゐる。それは驚くべき克明さである。たとへば、今夜参内した人はみな纓を巻いてゐるのに、忠季だけは纓を垂れてゐる、などといふことも書きとめてゐる。そしてこの日の記事の最後は、次のやうに記されてゐる。

《……今日、音奏警蹕《けいひつ》并びに日の供膳を止められ、御簾を垂る。来たる十九日、倚盧《いろ》におはしますべし。月来《つきごろ》三四日の程、倚盧より出でおはしますの後、諒闇に着くべきの由、風聞す。同日、初七日の御誦経有るべし。諒闇の行事所を始めらるべしと云々。今日より御厨子所、魚類を断ち了んぬ。殿上の台盤、又同じ。》

この三月十三日の記事はいつたいどれぐらゐの分量か、と数へてみると合計千二百字ぐらゐの漢字で記されてゐる。今の四百字詰原稿用紙で約三枚。これを私たちの書くやうな普通の〈漢字仮名混じり文〉で書いたとすれば、だいたいその三倍近くにならう。つまり原稿用紙九枚程である。かなりの分量だ。考へてみると、漢文といふものは、書き慣れた人にとつては多くの情報を素早くコンパクトに書き記すのに便利な方法であるにちがひない。

この日は、疲れたとか厄介だとかいふやうな感情をあらはす部分は無くて、内容はすべて客観的事実だけである。忘れないやうに、疲れてゐても記事はその日のうちに書いただらう。並々ならぬ気力を要する作業だ。明月記には定家の几帳面な性格が至るところで現れてゐるが、この日の記事もその一例である。ときには愚痴をこぼしても、定家はタフで粘り強い男なのだ。

後白河。辣腕の政治家だつたといふ。

この人は、天皇の位をわづか三年で譲り、その後三十数年のあひだ、〈二条・六条・高倉・安徳・後鳥羽〉の五代の天皇（すべて自分の子か孫である）を抑へ、法皇として宮廷政治の頂点に君臨した。煩瑣になるから具体的な叙述は省くけれど、源平双方の力を巧みに利用して、平安末期の疾風怒濤の時代を生き抜いた、したたかな男であつた。かと思へば、梁塵秘抄を愛好し、詩歌・管弦・女色にうつつを抜かした風流人でもあつた。そのやうな得体の知れない巨きな人物が亡くなつたのである。

しかし明月記の叙述は、客観的で冷静である。何の感想も、差し挟んでゐない。治承五年、高倉上皇の訃報に接した時に定家はひどく悲しんだが、ここでは何の嘆きも記してゐない。書いても効果のない感想を記すよりも、より実際的な必要性から、定家は克明に事実を記録していつたのだらうか。文治元年、定家が源雅行と争つて除籍されたときに俊成は嘆願書を書いて、それを読んだ後白河が恩免の院宣を出したけれど、そのことも思ひ出さなかつたのだらうか。

ずつと御所に詰めてゐても、定家は後白河の遺骸を直接見てゐない。そこに集まる身分の高い人々の後ろから事の成り行きを見守つてゐる下級貴族の一人、それが定家なのである。

九条兼実の『玉葉』は次のやうに記してゐる。

《この日の寅の刻、太上天皇、六条洞院宮に崩御す（御年六十六）。鳥羽院第四皇子、御母待賢門院。二条・高倉両院の父、六条・先帝・当吟《たうぎん》三帝の祖。保元以来卅余年、天下を治む。寛仁性を稟《う》け、慈悲世に行ふ。仏教に帰依するの徳、殆ど梁《りやう》の武帝に甚し、只、恨むらくは延喜天暦の古風を忘るること。》

兼実は政治的実力者だから、さすがに後白河のことをよく知つてゐるのだ。その長所短所を見抜き、遠慮なく記してゐる。叙述は明月記より簡潔である。「延喜天暦の古風を忘るる」云々は、後白河の政治姿勢に対する批判である。

法皇の死後まもなく、兼実は政治の中枢につく。五味文彦氏は、「兼実に仕えた定家が法皇の崩御関係の記事を細かに記したのは、そうした兼実の政治に伴う出世を期待してのものであろう」と述べてゐる（『藤原定家の時代』）。ところが数年後、兼実はあへなく失脚し、九条家の家司《けいし》である定家の上にも暗雲が漂ふ。むろん、そんなことは兼実にも定家にも予測できない。

この年、残つてゐる詠歌は前述したやうにわづか三十三首である。「いま来むといひしばかりに長月の有明の月を待ち出でつるかな」（素性法師）の歌の三十三文字を歌の頭に詠み入れた速詠歌群であるが、特に目覚ましい作品は見当たらない。

十六、母逝く

翌年、建久四年（一一九三）二月十三日、美福門院加賀が没した。定家の生母である。このとき定家三十二歳。

話は少し飛ぶが、あるころまで日本史の教科書に必ず源頼朝の肖像画が出てゐた。写実的な肖像画を似絵《にせゑ》といふが、その中の傑作の一つである。あの頼朝像を描いたのは藤原隆信だとされる。隆信は歌もよくした。

美福門院加賀は、初め藤原為経とのあひだに隆信を生み、のち俊成の妻となつて定家を生んだ。つまり加賀は二人の優れた人物の母なのである。

また話が飛ぶが、俊成の恋の歌の中で私の好きな一首がある。『長秋詠藻』にあり、新古今集にも採られてゐる。

思ひあまりそなたの空をながむれば霞を分けて春雨ぞふる　　俊成

恋人のゐる方角をぼんやり眺めながら霞の中に降り込むほそい雨の筋を見てゐる、といふ歌である。漂ふアンニュイの中にしみじみとした恋情がこもつてゐる。霞の向かうに、優しい輪郭を持つた女性の面影が浮かんでくる。ここに詠まれた女性が加賀だ、と私は勝手に思つてゐる。

加賀の死を聞いて幾人かの歌詠みが定家に歌を贈り、それに対して定家が歌を返してゐる。それらの歌が『拾遺愚草』下巻の「無常」の部に並んでゐる。

常ならぬ世はうきものといひいひてげに悲しきを今や知るらん　殷富門院大輔
悲しさはひとかたならず今ぞ知るとにもかくにもさだめなき世を　定家
春霞かすみし空のなごりさへけふをかぎりの別れなりけり　良経
わかれにし身のゆふぐれに雲消えてなべての春は恨み果ててき　定家
はかなさを忘れぬほどを知るやとて月日をへてもおどろかすかな　季経
月日へてしづまるほどの嘆きにぞ言問ふ人のなさけをも知る　定家

どれも分かりやすい作品である。弔問の歌、及びそれに対する返しの歌は、こんなふうにあまり技巧をこらさず詠むものなのだらう。注意して見ると、返歌は、贈られた歌から必ず語句の一部を採つて用ゐてゐる。

良経の作は、前書に「三月尽日」とある。春との別れと、人との別れを重ね合せて詠んだ作である。この一首は新古今集に採録されてゐる。

右の歌群に続いて、定家と俊成のあひだで交はされた贈答歌が載せられてゐる。定家にとつては母、俊成にとつては妻を悼む歌である。

たまゆらの露もなみだもとどまらずなき人恋ふるやどの秋風　定家
秋になり風のすずしくかはるにもなみだの露ぞしのに散りける　俊成

定家の歌には、「秋野分《のわき》せし日、五条へまかりてかへるとて」といふ前書がある。五条は俊成の住んでゐる場所である。亡くなつたのは二月なのに、これは数ケ月たつてからの作である。なぜ当時の作がないのか、その理由は不明である。

亡き母を恋しく思つてこの宿にゐると、秋風が吹きわたつて、草の露も私の涙も風にさらはれてゆく、といふ歌である。「たまゆらの露もなみだもとどまらず」といふところに、世の無常を嘆く気持がこめられてゐる。風に吹き散る露と涙、といふイメージが美しくまた哀切だ。定家の詠んだ挽歌の傑作の一つである。

俊成には、『長秋詠藻』とは別に『長秋草《ちやうしうさう》』といふ家集がある。その中にも、この定家・俊成の一対の歌が載せられてゐるが、そこでは前書が「七月九日、秋風荒く吹き、雨そそぎける日、左少将まうできて帰るとて、書きおきける」となつてゐる。のちに定家が日付を消して「秋野分せし日、五条へまかりてかへるとて」と変へたのは、「野分」といふ語を通して源氏物語の世界を歌の背景に取り込まうとしたからだ、と久保田淳氏は書いてゐる。（ちくま学芸文庫『藤原定家』）

俊成の作は、「しのに」といふ言葉に「しきりに」と「篠に」が懸けてあり、ちよつと技巧がこらされてゐる。この歌よりも、別の時に詠まれた、次の歌の方がよい。

稀にくる夜半も悲しき松風をたえずや苔のしたに聞くらむ　俊成

前書に「定家朝臣の母みまかりて後、秋頃墓所近き堂にとまりてよみ侍りける」と記されてゐる。自分はたまに来るだけであるが、あなたは、来る日も来る日も、朝も昼も夜も、この悲しい松風の音を墓の下で聞いてゐるのだね、といふ歌である。定家の歌もいいが、この歌もいい。

美福門院加賀は、俊成とのあひだに九人の子女を儲けた。隆信を加へると、生んだ子は十人。その上に、俊成・定家にこの優れた挽歌二首を作らせた。素晴らしい女性である。

十七、六百番歌合

「短歌研究」平成十五年一月号で「新春紅白歌合せ」が行はれてゐた。歌が長い伝統を持つてゐることを思ひ出させてくれる好企画だと思ふ。歌の歴史を振り返つてみると、平安・鎌倉期あたりに歌合の峰々が見え、その中で特に高々とそびえる峰がある。六百番歌合と千五百番歌合である。定家はその両方に参加してゐる。

前章で述べたやうに建久四年（一一九三）二月、定家の母が亡くなつた。同年秋、定家は六百番歌合の作品百首を詠んだ。『拾遺愚草』上巻に載せられてゐる「歌合百首」がそれである。六百番歌合はいふまでもなく藤原良経が主催した有名な歌合で、和歌史上に大きな収穫を残した。「歌合百首」といふタイトルの下に「建久四年秋」と記されてゐる。これは作歌の時期を言ふのだらう。さらにその下に小字で「三年、題を給ふ。今年、身を憚るといへども、別儀に依り猶この歌を召さる」と注記がある。題は建久三年に出されたが、今年（四年）は母の喪中だから公的な作歌活動は控へるべき身であつた。しかし良経からの特別な要請で歌を提出した、と言つてゐるのだらう。

この六百番歌合は、十二人の作者がそれぞれ決められた題で百首の歌を詠み（計千二百首）、そのあと同じ題の歌を組み合せて六百の番《つがひ》を作つて、判者が勝ち負けの判を下す。判者は歌壇の長老・俊成であつた。右の定家の注記から、六百番歌合の成立は建久五年であらうとする説が有力なやうだ。

当時の歌壇は、六条家（旧風）の歌人たちと、御子左家（新風）の歌人たちが競合してゐる時代であつた。良経が選んだ歌人は次の十二人である。参考までにカッコ内に作歌時（たぶん建久四年）の年齢をしるす。

〔六条家〕　藤原季経（六十三歳）、顕昭《けんせう》（六十四歳）、
　藤原経家（四十五歳）、藤原有家（三十九歳）
〔御子左家〕　藤原隆信（五十二歳）、寂蓮（五十四歳）、
　藤原家隆（三十六歳）、藤原定家（三十二歳）
〔無党派〕　藤原良経（二十五歳）、慈円（三十九歳）、
　藤原家房（二十七歳）、藤原兼宗（三十一歳）

やはり新風の御子左家の歌人の方が若い。ここで仮に無党派と書いたのは、歌人の流派から超越したところにゐる権門の人たちである。このうち良経は「女房」、慈円は「信定」といふ変名で歌を出してゐる。

六条家から四人、御子左家から四人、その緩衝地帯にゐる無党派の四人、まことにバランスの

とれた人選である。九条家は、兼実の時代には六条家の歌人が伺候してゐたが、良経の時代になつて俊成・定家つまり御子左家を重んじるやうになつた。良経は慧眼であつたといへよう。

六百番歌合の構成は、四季（春夏秋冬）の歌、恋の歌が半々の割合になつてゐる。それは、恋の歌が重視されてゐることを意味する。題はおそらく良経が決めたのだらう。恋の歌の題を見ると、初恋・忍恋・聞恋・見恋・尋恋・祈恋・契恋とか、あるいは寄月恋・寄雲恋・寄風恋・寄雨恋・寄煙恋など、非常に細かく設定されてゐる。作者たちにとつてはかなりの難題であらう。歌合には題が絶対に必要だが、このやうな題の細分化はこの歌合の特徴の一つである。新しい歌をめざす若い良経の意欲のあらはれではなからうか。

後年、この六百番歌合から計三十四首が新古今集に選ばれてゐる。良経の十首を筆頭に、慈円八首、定家・家隆・寂蓮がそれぞれ四首である。一例をあげると、

空はなほ霞みもやらず風冴えて雪げにくもる春の夜の月　　女房（良経）
鵜飼舟あはれとぞ見るもののふの八十宇治川《やそうぢがは》の夕闇の空　　信定（慈円）

かうした秀作が六百番歌合のために作られ、のち新古今集を彩ることになつたのである。なほ、この時の六条家の歌人たちの作は、有家を除けば全く新古今に入集してゐない。すでにこのころから六条家は衰退しはじめてゐたやうだ。

歌合は、作者が左右に分かれ、互ひの歌を難陳し合ひ、それらを聞いたあと判者が勝ち負けの

判を下す。難陳の「難」は相手の歌を非難すること、また「陳」は反論を陳べることである。このとき六条家・御子左家の垣根を取り払って、作者は次のやうに二手に分けられた。

〔左方〕女房・季経・兼宗・有家・定家・顕昭

〔右方〕家房・経家・隆信・家隆・信定・寂蓮

かうなると、対立する流派の歌が番《つが》へられることもあり、また、同派同士の歌が番へられることもある。したがつて歌合は、流派の争ひと、個人の争ひと、二つの要素が混じり合つて、いつそう熱を帯びる。優劣の判定をする判者はたいへんである。

さて俊成の判詞を見よう。このとき俊成八十歳。円熟した短歌観が、柔らかく、また時には鋭く述べられてゐる。いくつか実例をあげる。

恋七（七番）寄海恋

左　顕昭

鯨《くぢら》取るさかしき海の底までも君だに住まば波路しのがん

右　勝　寂蓮

石見潟《いはみがた》千尋《ちひろ》の底もたとふれば浅き瀬になる身の恨みかな

右申して云はく、左の歌、恐ろしくや。左申して云はく、右の歌、指せる難無きの由申す。

判じて云はく、左、鯨取るらんこそ、万葉集にぞあるやらんと覚え侍れど、さ様の狂歌体の歌ども多く侍る中に侍るにや。しかれども、いと恐ろしく聞こゆ。秦皇の蓬壺を尋ねしも、ただ大魚を「射よ」などは仰せしかども、「取れ」とまでは聞こえざりき。凡《おほよ》そは、歌は優艶ならん事をこそ庶幾すべきを、故《ことさら》に人を恐れしむる事、道のため、身のため、その要無くや。右の「石見潟」「身の恨みかな」といへる、官途の怨望の如くにもや。恋心少なくや。但し、なほ左の歌許しがたし。右を以つて勝と為す。

人をことさら恐怖させるやうなことは無益であり、歌は優美で艶なるのがいい。俊成はさう述べて顕昭を負けとした。寂蓮の歌を評価したのではなく、顕昭の歌を否定したのである。判定が明確なのは気持がいい。この「歌は優艶ならん事をこそ庶幾すべき」は、俊成の短歌観を表はした言葉としてよく知られてゐる。

後日、顕昭は『六百番歌合陳状』を書いて俊成に反論した。この歌については次のやうに述べてゐる。

《顕昭陳じ申して云はく、「鯨取るかしこの海」と仕《つかまつ》れる、更に人をおどさんれうとも存じ侍らず。万葉集の狂歌・戯咲《ぎせう》の中にも侍らず。かの集の長歌の中に「鯨取るあはの海」と云ふ歌につけて読みて侍るなり。鯨鯢《げいげい》はおそろしくや侍らん。歌に強《あなが》ち人おづべくも侍らず。「虎に乗る」とも読み、「竜とりてこん」とよめるも、さるやうの歌は、さてこそは侍るめれ。但し、「秦皇の大魚を射よと仰せしも、とれとまではきこえざりき」と侍るぞ、あやしくきこえ侍る。やまと歌は万葉を本体と侍るに、かの集に「鯨とる」とよみて侍れば、三史・文選に鯨とる証文の侍らざらんは、和歌の大事に侍らず。》

鯨は別に恐ろしいものではないし、また「鯨取る」といふ言い方は万葉にあるから、中国に用例が無くても差し支へない、と顕昭は俊成に食ひついてゐる。こんな調子で他の歌についても反論を書いた。異見があれば堂々とそれを述べるといふ姿勢は、立派である。
もう少し俊成の判詞を見よう。

冬上（十三番）枯野

左　勝　　　女房

みし秋を何に残さん草の原ひとつに変はる野辺のけしきに

右　　　隆信

霜枯れの野辺のあはれを見ぬ人や秋の色には心とめけむ

右方申して云はく、「草の原」聞きよからず。左方申して云はく、右の歌古めかし。判じて云はく、左「何に残さん草の原」といへる、艶にこそ侍るめれ。右の方人、「草の原」難じ申すの条、尤《もつと》もうたたあるにや。紫式部、歌詠みの程よりも物書く筆は殊勝なり。その上、花の宴の巻は、殊に艶なる物なり。源氏見ざる歌詠みは遺恨の事なり。右、心・詞、悪しくは見えざるにや。但し、常の体《たい》なるべし。左の歌宜しく、勝と申すべし。

右の歌は心も詞も悪くはないが、平凡であり、それに比して左の歌はいい。艶な歌だからいいのだ。紫式部は歌詠みなどよりも表現がすぐれてゐる。あの「花宴《はなのえん》」の巻など殊に艶なところがあつて、よろしい。さう言つて俊成は左の歌を勝にした。強引な判であるが、とにかく「艶」を大事にしてゐるのが分かる。この「源氏見ざる歌詠みは遺恨の事なり」も有名な言葉である。

ところで歌合はどんな手順で行はれただらうか。残念ながら明月記はこの年の記述が全くない。

想像を交じへて言へば、まづ良経を除く十一人の歌が良経のもとに提出される。そこに良経自身の歌を足して、千二百首の歌が揃ふ。そのあと誰かが（たとへば定家が）同じ題の歌の組み合せを作る。これを結番といふ。最終的には良経も結番に目を通しただらう。

これが終ると、良経邸に方人《かたうど》が集まつて、批評すなはち難陳が行はれる。一日に何番ぐらゐ取り上げただらうか。まあ二十番か三十番ぐらゐだとしても、六百番全部を済ませるには数十回集まらなければならない。十二人が毎日集まることもできないから、難陳に数ケ月かかつたことと思はれる。

久保田淳氏によれば、難陳の要旨は記録係がしたため、その都度俊成のもとに届けられ、それを見て俊成が判詞を書いたのだらうといふ（新日本古典文学大系『六百番歌合』解説）。つまり後日《ごじつ》判《はん》である。いろいろな古典を踏まへて批評することができたのはそのためである。また、主催者良経の歌は勝が多いから、俊成は作者名が分かつてゐたのだらう。いくら文学的催しであつても、身分といふものへの配慮は欠かせないのである。ただし例へば、

春上（一番）元日宴

左　持　　　　女房

あら玉の年を雲井にむかふとてけふ諸人《もろびと》に御酒《みき》たまふなり

この歌に対して《判じて云はく、左の歌、「あら玉の」など置かれたる、一番の番《つがひ》と覚え侍るを、下句の「御酒たまふなり」といへるや、無下にただ詞に侍らん》と述べてゐる。つまり「ただ詞」（日常的な言葉）を使つてゐるのが難点だと指摘してゐる。俊成は、言ふべきことは言つてゐるのである。

定家の歌も勝が多い。調べてみると、定家の百首は四十五勝二十三敗そして持《ぢ》が三十二であり、きはめて良好な成績である。これは俊成の純粋な文学的評価によるものか、それとも我が子定家への偏愛によるものか。たぶん前者であらう。後者の要素は少ないはずである。判者俊成がおほむね判断を誤つてゐなかつたことは、歴史が証明してゐよう。

さて俊成は定家の歌に対してどんな判詞を書いたか。それを見てゆく前にちよつと寄り道をしたい。

定家に『毎月抄』といふ歌論書がある。偽書ではないかとの説もあるが、一応は真作、もしくはきはめて真作に近いものと言はれてゐる。これが書かれたのは承久元年（一二一九）、定家五十八歳の年にあたる。

この歌論書は、和歌の「十躰」を説いてゐるのが貴重である。すなはち和歌は、「幽玄躰、事可然躰《ことしかるべき》、麗躰《うるはしき》、有心躰、長高躰《たけたかき》、見躰《みる》、面白躰《おもしろき》、有一節躰《ひとふしある》、濃躰《こまやかなる》、鬼拉躰《きらつ》」の十種に分けられ、中でも作品として優れてゐるのは有心躰だと述べてゐる。分類の仕方が面白く、また名前もいい。藤平春男氏はそれぞれについて次のやうに解説してゐる（小学館版、新編日本古典文学全集『歌論集』より）。

①幽玄躰……俊成の用い方とほぼ同じで余情美の一様相であり、崇高への志向性を持つ優美の特殊相。

②事可然躰…意味内容がなるほどと思われるようなものであること。意味的説述性の確かさの感じられる詠風。

③麗躰………一首の表現上の均整感・調和感が目立つ詠風。

④有心躰……深い歌境への沈潜の感じられる詠風。

⑤長高躰……声調の緊張を保った流麗感が強く感じられる詠風。

⑥見躰………視覚的な描写性の目立つ詠風。

⑦面白躰……題に基づく場面構成（趣向）が知性的に巧みに行われている詠風。

⑧有一節躰…着想の珍しさの目立つ詠風。

⑨濃躰………複雑な修辞技巧によって情趣美を濃厚ならしめている詠風。

⑩鬼拉躰……意味内容や詞遣いに強さや怖ろしさの感じられる詠みぶりの歌。

かうした分け方は、現代短歌にも応用できさうである。たとへば、ただごと歌は「事可然躰」に近いだらうし、また、描写の歌は「見躰」である。私は奇想の歌が好きなのだが、それは右の言葉でいふなら「有一節躰」か「鬼拉躰」に近いだらう。なんだか現代の批評用語よりも中世の歌論用語の方が豊かな印象がある。

　さてこの『毎月抄』の中に面白いエピソードが紹介されてゐる。

《正躰《しやうたい》無き歌よみ出だして、人に毀《そし》らるるの難をだに負ひぬれば、退屈の因縁ともなり、道の毀廃《きはい》ともまたなり侍るべきにこそ。されば、或《ある》は難を負ひ果てて思ひ死《じに》にまかりしたぐひも聞こえ侍り。或は秀歌をまろながらとられて侍るが、没して後その人の夢に見えて、「わが歌返せ」と泣く泣く悲しみけるによりて、勅撰より切り出だしける事も侍るにや。》

（いいかげんな歌を詠んで、人の非難を浴びたりすると、歌に嫌気がさす原因ともなり、また歌道の衰退にもなつてしまいませう。そんなわけですから、ある人は非難に耐へかねて悶死するに至つたといふ話も聞いてをります。ある人は秀歌をそつくり盗まれましたところ、死後その人の夢に現れて「わが歌を返せ」と泣く泣く悲しんだので、勅撰集から削除したこともあつたとか。）

　言ひ伝へによれば、藤原長能といふ歌人は、藤原公任に歌を非難されたのを苦にして悶死した。また、素性法師は歌に執してたびたび人の夢に現れたといふ。これらの逸話は、昔の歌詠みが文字通り歌に命をかけてゐたことを物語つてゐる。

　俊成は、かうした逸話を承知の上で六百番歌合の判者を勤めたのである。もしも、勝負の判に同意できない、とか、判詞の中身が納得できない、などと言ひ出されると大変である。だから、博学でウルサ型の顕昭に対しては殊に気を使ひ、いつも長い判詞を書いてゐる。

春下（廿二番）蛙

左　　　　　　　　　　　　　　　　顕昭

山吹のにほふ井手をばよそに見てかひ屋がしたも河津《かはづ》鳴く也

右　勝　　　　　　　　　　　　　　信定

まだ採らぬ早苗の葉末なびくめりすだく河づの声のひびきに

この番《つがひ》に対する判詞は最も長く、数へてみると、ざつと九百六十字ぐらゐある。俊成はまづ「かひ屋がしたも」の「も」の用法が変だと述べ、そのあと「かひ屋」を問題にしてゐる。いはく、万葉に「かひ屋」の歌が何首あつて、その場合は山田を守るための別宅であるとか、火をくゆらして煙で蚊を払ふとか、河の上に構へた家屋云々の説は誤りだとか、蚕を飼ふから飼屋の名があるとか、三月の午の日に初めて蚕を桑に付けるとか、飼屋に無用の蛙がゐるのは変だとか、蛙は水辺で鳴くとか、とにかく「かひ屋」及び「かはづ」についてのさまざまな考察を延々と書き連ねて、暗に顕昭の作を批判してゐる。四百字詰め原稿用紙で二枚強の長い判詞である。信定（慈円）の歌を勝にしたので、うるさい顕昭の反論を予め阻止しておかねば、との考へが働いたのだらう。大げさにいへば、歌合は、作者も命がけなら、判者も命がけなのだ。

それなら定家の歌について俊成はどんな判詞を書いたかといへば、これが案外あつさりして淡白なのである。(といふより、顕昭を相手にするとき以外、俊成の判詞は大体あつさりしてゐる。判詞は簡潔であることが大事だつたのだらう。)

秋上(十番)乞巧奠《きつかうでん》

左　勝　定家

秋ごとに絶えぬ星合《ほしあひ》のさ夜更けて光並ぶる庭のともし火

右　家隆

露深き庭のともし火数消えぬ夜や更けぬらん星合の空

右申して云はく、左の歌指せる難無し。左申して云はく、右の歌、巨病《きよへい》有り。判じて云はく、「夜や更けぬらん星合の」といへる、優に侍るものを、「露深き」の五文字、由なくも侍る事かな。左は難なき由侍るめり。勝つべきにこそ。

妥当な判であり、判詞も簡にして要を得てゐる。「巨病」は、表現上の大きな過誤をいひ、この場合は助動詞「ぬ」の重複を指す。なほ、題の乞巧奠は「巧みなることを乞ひて奠《まつ》る」の意で、中国伝来の祭りである。女子が手芸に巧みになるやうに、供へ物をして庭にともし火を焚き、牽牛・織女星を祭る。今の七夕である。

余談ながら、季経はこの題で「宿ごとに影を映せば七夕の逢ふ瀬は繁し天《あめ》の河波」と詠んでゐるから、どの家でも盥に水を張つて星の光を映してゐたやうだ。宮柊二の昭和二十年代の作「七夕の星を映すと水張りしたらひ一つを草むらの中」は、その習俗を懐かしんだもの。

冬下（四番）冬朝

左　勝　　　　　　　　　　　　　　　　　定家

一年《ひととせ》を眺め尽《つく》せる朝戸出《あさとで》に薄雪こほるさびしさの果て

右　　　　　　　　　　　　　　　　　　　隆信

人をさへ訪はでこそ見れ今朝の雪をわが踏み分けん跡の惜しさに

右申して云はく、左の歌、ゆゆしげに威《おど》されたり。左申して云はく、右の歌、常の事なり。判じて云はく、左の歌、「一年を眺め尽し」、「さびしさの果て」といはば、雪も深くや侍るべからんとこそ覚え侍るを、「薄雪こほる」といへるや、事違《たが》ひて聞こゆらん。右の歌は、雪の朝、「人さへ問はず」、「わが踏み分けん跡の惜しさに」などいへる、常の心なる上に、詞くだけて、余り確かに聞こえて、「訪はでこそ見れ」などいへる心も、「薄雪」には劣りてや侍らん。

右は、定家の歌に対して「大げさで人をおどすやうな所がある」と難じ、左は隆信の歌を「常凡である」と難じた。

俊成は、定家作に対して、「一年を眺め尽し」と「さびしさの果て」との間《あひだ》には「雪も深く」とゐといふやうな情景を詠み入れるのが普通だが、「薄雪こほる」はさういふ筋道から少し逸れてゐる、と述べる。やや軽い非難であらう。新奇なものを俊成はあまり積極的には肯定しないのである。隆信作に対しては、平凡で分かり過ぎて余情がない、と批判してゐる。一方の欠点を論《あげつら》ふことで、もう一方を勝にする、これが俊成の判の基本的な方法である。

冬下（十八番）椎柴《しひしば》

左　　定家

椎柴は冬こそ人に知られけれ言問ふ霰残す木枯し

右　勝　　家房

深山《みやま》べを夕こえくれば椎柴の末葉《うれば》に伝ふ玉霰かな

右申して云はく、左の歌、下句荒し。左申して云はく、右の歌、「玉霰」聞きよからず。
判じて云はく、左の下句、右の方人《かたうど》、「荒し」とは、いかに申すにか。下句は宜しくこそ見え侍れ、如何。但し、右、「夕こえくれば」「末葉に」など、ことごとしき風体に見え侍り。「玉」は又、何をもほむることばに侍る上に、「霰」をば「竜頷《りようがん》の玉投げうつて顆々《くわくわ》寒し」など作れり。難に及ばざるか。仍りて右を以つて勝と為す。

右は、定家作を「下句が荒い」と難じた。左は、家房作の「玉霰」が聞きづらいと難じた。これに対して俊成は、定家作の下句は宜しいのではないか、と弁護してゐる。それよりも、家房作は「夕こえくれば」「末葉に」がことごとしく（大げさに）見える。一方、「玉」は何かを褒める時にいつでも使へるし、霰のことを菅原道真は「竜の頷《あぎと》の玉を投げうつて一粒一粒寒いひびきを立てるやうに降る」（和漢朗詠集）と詠んでゐる。非難するに及ばない。よつて右を勝とする、と述べてゐる。

不思議な判である。定家作の欠点について何も触れてゐない。作者がもし顕昭だつたら、私の歌はなぜ負なのか、と俊成に噛み付くところだらう。

定家の歌は、「椎柴は冬も葉が残つてゐるから、霰が降りかかつて音を立てる。また、木枯しが吹いても、その葉は散ることがない。だから椎柴は冬にこそ人に知られるのだ」といふ意味だらう。下句は、意味を詰め込んで、かつ言葉を省略したアクロバティックな表現である。かういふ詠み方を俊成はよしとしなかつた。「下句は宜しくこそ見え侍れ、如何」と言つて弁護してゐるやうに見えるが、本心は否定的だつたのだらう。明言せずとも私の考へは定家には分かる筈だ、として負の判を下したのである。

俊成を統師者とする御子左家は当時の新風であつたが、定家はその中でも特に尖鋭的な歌人だつた。それでゐて、六百番歌合における定家の作品百首は、前に述べたやうに四十五勝二十三敗、そして持が三十二といふ好成績を収めた。俊成はいささかその尖鋭ぶりを持て余しながら、作品の価値を認め、目立たぬやうに息子の背中をそつと押してやつたのである。

顕昭に対する時はややムキになることがあるにせよ、俊成は温厚で公平な態度をつらぬいた。周囲からの信望が厚い人だつたからこそ俊成は判者に選ばれ、また、この歌合の判と判詞によつていつそう人々の信頼を深めただらう。

十年後、俊成は九十歳となり、若き後鳥羽院（二十三歳）から「九十の賀」を賜る。人望厚きゆゑであつたらう。明月記の建仁三年に記す。

《八月六日。天晴る。夜深く清範奉書に云ふ、「入道皇太后宮大夫、和歌所に於いて九十の賀を賜ふべし。屏風の歌詠進すべし」といへり。此の事、入道殿深く謙退せしめ給ふ。》

この「深く謙退せしめ給ふ」の箇所にも、俊成の人柄がにじみ出てゐる。しかし辞退しきれず、人々は歌を詠進し、無事九十の賀は取り行はれる。そして翌年、俊成は逝く。

六百番歌合に戻ると、次のやうな定家の歌がある。

恋二（五番）祈恋

年も経ぬいのる契りは初瀬山尾上《をのへ》の鐘のよその夕暮

俊成はこれに対して「風体は宜しく見え侍るを、心にこめて詞に確かならぬにや」と言ひつつ勝とした。心情を内に秘めて言葉で明確に言ひ切つてゐない、だがよく分かる、といふことだらう。老俊成は、このとき定家の尖鋭ぶりに追ひついてゐた、といつてもよいだらう。六百番歌合は、俊成の晩年の大きな業績であつた。

十八、韻歌百廿八首

定家が六百番歌合の百首を作つた建久四年（一一九三）は、明月記の記事を全て欠く。そして同五年、六年はそれぞれ僅か一日分の記事が残つてゐるが、いづれも宮中行事の様子を記録したもので、これといふ価値はない。建久七年（一一九六）になつて、やつと記事の量が増える。かつ内容的にも興味深いものが多い。この年、有名な「韻歌《ゐんか》百廿八首」が詠まれるが、それを見る前に明月記の記事を通して定家の日々の生活を覗いてみよう。この年、定家三十五歳。

《三月一日。天晴る。午の時、内大臣殿〔良経〕に参じ、御共して大炊殿《おほいどの》〔兼実〕に参ず。「今日、大臣の後《のち》初度の御作文和歌《おんさくもん》」と。即ち退出し、夜に入りて帰参す。詩の講始むる後なり。公卿、中宮大夫以下済々《せいせい》たりと。中将殿初めて文場に接し給ふ。殊なる召しに依り、中将殿・右大弁・蔵人弁、公卿座の末に着く。殿上人有家朝臣の外、弁官等なり。事了りて和歌を置く。季経卿・隆信朝臣・予・保季等此の列に在り。心中興無し。祝ひの歌、弥々《いよいよ》堪へず。》（文中の〔　〕内は、高野の付けた注。）

前年十一月、良経が内大臣に任ぜられた。そのあと初めて行はれた作文和歌会のことが記されてゐる（作文とは漢詩を作ること）。この日の和歌の題は「松、色を改めず」であつた。祝ひの会であることが、題から分かる。

定家は、しかし気が乗らなかつたらしく、「心中興無し」と記し、また「祝ひの歌、弥々堪へず」と言つてゐる。歌の出来が悪かつたのだらう。この日の作品は伝存しない。

《四月十四日。天晴る。未の時許り艮《うしとら》の方《かた》に火有り。白河の方なり。仍りて聖護院宮〔静恵法親王〕に馳せ参ず。巽の方の火なり。東岡寺の辺りと。（中略）使者を以つて民部卿を訪ひ、勘解由小路《げゆこうぢ》に参ず。後に聞く、「後の火に、六角左衛門〔藤原家通〕の墓所堂焼亡《せうまう》し了んぬ」と。》

このころ、京の町はしばしば火災が発生した。定家はその都度、実状を見るために、また知人を見舞ふために出かけていつた。テレビもラジオもない時代だから、自分の目で確かめるほかないのだ。貴族であれ、庶民であれ、当時の人々は火事が起こるたびに京の町を走り回つたのであらう。でありながら定家も他の歌人たちも、火事を詠んだりしない。釈教歌で地獄の火（むろん見たこともない火である）を詠むことはあつても、眼前の火事は日常生活の次元に属するものゆゑ、歌に取り上げることはしないのである。

《四月十五日。天晴る。除服出仕すべき由、頻りに仰せらる。日次《ひなみ》を択ばず今日除服し了んぬ。明日、姫宮准后《じゆごう》と。吉富庄種々の所課有り。》

除服とは喪を解くこと。ここでは建久四年に亡くなつた母・美福門院加賀の喪を指すのだらう。のち元久二年、定家四十四歳一月十一日の明月記に、《昏に法花経を書き終へ奉る。是れ先《せん》妣《び》十三年遠忌の料なり。（中略）又、千手観音を画き奉らしむ。去年七月、宇治に於いて先妣を夢見、罪障心中に悲しみを増し、殊に此の事を営む》云々とあり、亡くなつた母に対する定家の思ひの深さが知られる。

姫宮は、前年生まれた昇子《しやうし》内親王を指す。准后とは、准三宮《じゆさんぐう》といふ称号を与へられること。このあたり、何でもない記事のやうであるが、じつはのちに起こる政変はこのあたりから兆してゐたといつていい。

昇子の父は後鳥羽天皇、母は中宮・任子《にんし》（兼実の女）である。建久六年、後鳥羽天皇はまだ十六歳の若さで二人の子を得た。一人はこの昇子、もう一人は在子《ざいし》（源通親《みちちか》の養女）の生んだ為仁《ためひと》である。ところが、兼実と通親は政敵どうしであつた。そして二人の子供の誕生によつて、後鳥羽天皇をめぐる政争の火種がくすぶり始めるのだが、詳しいことはまた後に触れることになるだらう。

右にあるやうに、翌年わづか二歳の姫宮の准后のために、定家は吉富庄から種々の品物を献上せよ、と命じられた。吉富庄は定家の財産の中で最重要の荘園で、近江にあつた。当寺の公家《くげ》にとつて荘園はどんな位置を占めてゐたか、その点について石田吉貞氏は次のやうに述べてゐる。

「定家等公家の収入は殆ど全く荘園からの収入に依存して居り、その外には、ただ各種の儀式・法会等から得られる禄物や、他からの贈与・献納等が極めて少量にあつただけのやうである。」

（『藤原定家の研究』）

吉富庄からは、米・麦・布・馬などが定家のもとに納入されてゐたらしい。定家は裕福ではなく、むしろ経済的に苦しい状態にあつたが、命令通りそれらの一部を姫宮の准后のために献上したのだらう。

もう少し明月記を見てゆかう。こんどは、世間の噂話である。

《四月十七日。陰《くもり》、申後《さるのち》雨降る。刑部卿〔藤原宗雅〕参入し、世間の雑談等を申す。「新日吉に近日蛇有り。男一人其の蛇に随ひ、種々の狂言を吐き、〈蛇の託宣〉と称す。又云ふ、〈後白河の後身なり〉と。（中略）又、天王寺の舎利（或る聖人）、鱗介《りんかい》の如くハヒアリキ給ふ。人又競ひ見る」と。》

蛇使ひの男が、この蛇は後白河の化身だと狂言（たは言《ごと》）を言つたり、また、天王寺の痩せた高僧が魚介類のやうに町なかを這ひ歩く。かうした巷間の奇妙な事件は、社会が不安定で、人が狂ひやすく、また人々の心が惑はされやすくなつてゐることを物語つてゐよう。

次は定家個人の出来事である。

《四月廿九日。天晴る。小童大夫、去々年以後狂事に逢ひ、離別す。年を経て知らずといへども、去秋以後資実の許に在るの由、日来《ひごろ》聞く。仍りて今日喚び寄せ之を見る。事の外に成人す。存外の狂事の間、已《すで》に異域の物に及ぶ。今始めて相見る。故御前殊に鍾愛し給ふ所なり。之を見るに依り、更に懐旧の涙を催す。即ち帰し了んぬ。》

一昨年、事情があつて離別した実子を呼んで、対面したのである。息子の定修かと推測されるが、明確ではない。その子はすでに「異域の物」（別世界の人）となつてゐた。家に呼び戻すことはできず、最後は涙ながらに帰してゐる。謎めいた親子の対面である。

《五月十四日。天晴る。今朝、脚に小瘡有り。驚くべからずといへども、基能を喚び、見しむるの処、「頗る六借《むつか》しき物に似たり。懈怠《けたい》無く薬を付くべし」の由示す。》

これは明月記にしばしば出てくる病気の話である。脚に小さな瘡蓋《かさぶた》ができたので、医者に見せたところ、これは要注意だと言はれたのである。治療薬として、目ハジキといふシソ科の薬が渡される。

次は、定家の意外な一面が現れた記事である。

《六月十日。天晴る。殿下〔兼実〕御参内の由、催し有りといへども、病術《やまひすべ》無きの間其の由を申す。故親綱朝臣周忌、五日に相訪ふべきの由、家綱之を触る。強《あなが》ちに然るべからずといへども、先妣中陰の間相語るに依り、彼の朝臣度々来臨し布施を取る。存生の間惣じて内外に付け芳約を結ぶ。去年又籠居の間、一言の訪《おとな》ひを加へず。木石の如し。今度《このたび》にあらずんば偏《ひと》へに旧好を忘るべし。仍りて病を扶けて行き向ふ。(中略)其の後、忠国御供人《おんともびと》猶闕如、参ずべきの由を示す。仍りて平らに此の由を申すの処、他所に向ふの時病無し。御供の時、病を増すの条、左右に及ばざるの由、勘発あり。》

要約すれば、定家は主君が参内する時に病気と偽《いつは》つてお供をせず、親綱の一周忌に出かけたのである。生前の親交を思ふと、じつとして居られなくなつたのだ。あとで嘘がばれて、兼実から手ひどく叱られる。しかしこの行動を見ると、定家は人情に厚いところがあつたのかもしれない。

次は時代の空気を感じさせる記事を掲げよう。

《六月廿五日。天晴る。暑気殊に甚だし。夜に入りて、源少納言門外を過ぎ、示されて云ふ。「(中略)今日、一条の辺りに兵士等追捕《ついぶ》する事有りと。故知盛卿の子冠者、其の党類を聚め明暁一条を襲はんと欲す。其の事兼ねて聞く。仍りて今日皆悉く追捕す」と。法性寺清水白河の辺り、法師原《ばら》の如き其の数有りと。勝事《しょうじ》なり。浅猿《あさまし》々々。》

〈夜、源頼房が門前を通りかかつて言ふには、「今日、一条の辺り(京都守護・能保邸がある)で兵士たちを引つ捕へるといふ事件があつた。じつはその前に、亡き知盛卿の子が、その一党の者たちを集め、明日の早暁、能保を襲はうとしてゐるといふ噂が流れてゐた。それで、今日皆ことごとく引つ捕へたのだ」と。法性寺・清水・白河あたりは、法師みたいな風体の輩が数多く屯《たむろ》してゐるといふ。奇怪なことだ。浅ましい浅ましい。〉

大意は右の通り。このころ、源氏に滅ぼされた平家の遺児がまだ洛中にひそんでゐて、鎌倉幕府への復讐の機会をうかがつてゐたのだ。捕へられた遺児(知忠)は斬刑に処せられる。群れをなしてゐる法師どもも、定家からすれば不気味な存在である。

同年、かうした不安定な社会情勢のもとで定家は「韻歌百廿八首」を詠む。珍しい作品群である。漢詩の脚韻に用ゐる漢字を韻字と言ふが、これは決められた一つ一つの韻字を第五句に詠み入れて歌を作つたのである。『拾遺愚草』を見ると、「韻歌百廿八首和歌」といふ見出しの下に、小字で、

建久七年九月十八日

内大臣家　他人詠まず

と注がある。良経邸に幾人かの歌人たちが呼び集められ、韻歌の催しが行はれたが、他の歌人は詠まなかつたといふ。詠むことが出来なかつたのか、あるいは初めから定家だけがチャレンジしたのか、不明である。いづれにせよ、多種多様な漢字を詠み込む（しかも第五句に詠み込む）のは難しいワザである。韻字の百二十八文字を選定したのは良経であらう。なほ、明月記は再び八月以降が空白になつてゐるので、当日の状況を知る手がかりはない。

しかし右の注に更に推測を加へるならば、韻字は当日発表され、それらを全部その日のうちに詠み了へる、といふ催しだつたのではなからうか。それを定家だけが成し遂げたのは、以前に述べたやうに彼が速詠の名手だつたからである。

源氏物語・賢木に「文つくり、韻塞《ふた》ぎなどやうのすさびわざどもをもしなど」といふ部分がある。韻塞ぎは、古詩の韻字を隠してそれを言ひ当てる文学的遊びである。これは韻字を知らないと遊べない。平安時代の貴族たちは漢詩の教養があり、韻字といふものに慣れ親しんでゐた。定家も、むろんさうである。韻字の参考書は幾種類もあるが、この「韻歌百廿八首」に用ゐられた韻字は、天仁二年（一一〇九）三善為康編の『童蒙頌韻』またはその類書に基づくのではないか、と久保田淳氏は推測してゐる（『全歌集』上巻、頭注）。

韻歌とは実際どういふものか、「韻歌百廿八首」の春の部から例を挙げてみよう。

いつしかといづる朝日を三笠山けふよりはるの峯の松風

かすみぬな昨日ぞ年はくれ竹の一夜ばかりのあけぼのの空
むさし野の霞もしらずふる雪にまだわかくさのつまや籠れる
こぞもさぞただうたた寝の手枕にはかなくかへる春の夜の夢
谷ふかくまだ春しらぬ雪の内にひとすぢ踏める山人の蹤《あと》
子《ね》の日する野べのかたみに世にのこれ植ゑおく庭のけふの姫松

これぐらゐにしておく。それぞれ第五句の「風《フウ》、空《クウ》」、「籠《ロウ》、夢《ボウ》」、「蹤《ショウ》、松《ショウ》」が韻字である。これらが順に並ぶと、和歌でありながら漢詩の脚韻を連想させる。韻歌は、その漢詩の雰囲気を楽しむ遊びであらう。他にふだん和歌では見かけることのない釭（コウ、ともしび）、暉（キ、ひかり）、桴（フ、いかだ）、瀾（ラン、なみ）などの漢字が歌の最後に出てくるのは、全て韻字である。

前に述べたやうに「韻歌百廿八首」は、決められた漢字を歌の第五句に詠み込む〈字詠〉である。その文字の数は百二十八、しかも中には前述の「蹤」「釭」「暉」「桴」「瀾」のほか、「乖」「摧」「蒿」「慙」「芟」「凡」など、和歌ではあまり使はない字がまじつてゐる。こんな厳しい条件のもとで百二十八首も詠むのは、並大抵の歌人では出来ないだらう。だが定家はこの仕事をやつてのけた。しかもその中に幾つかの名歌があるのだから、感嘆せざるを得ない。

一連は「春」「夏」「秋」「冬」「恋」「述懐」「山家」「旅」といふ題で各十六首から成り、計百二十八首である。この中で「山家」といふ題の扱ひが大きいことが注目される。

さて、それぞれの題の中から秀歌あるいは問題作を抜き出して、解釈・鑑賞をしてゆくことにしよう。

ふかき夜を花と月とに明かしつつよそにぞ消ゆる春の釭《ともしび》

「春」の歌。わたしは夜更けまで寝ずに、花を愛で、月を愛でてゐる。よその家は、とうに灯火を消して眠りについてゐるけれど……。

自分の風流心を言つてゐるやうで、ちよつと嫌味な感じもあるが、深々と広がる闇のなかに桜花と、月が浮かび、一灯火が消えてゆく図は優美である。

明月記の冒頭近くに、これに似た美しい描写があつた。治承四年、定家十九歳二月十四日の記事である。

《明月片雲《へんうん》無し。庭の梅盛んに開き、芬芳《ふんぱう》四散す。家中人無く、一身徘徊す。夜深く寝所に帰る。燈髣髴《はうふつ》として猶寝に付くの心無し。更に南の方に出でて梅花を見る。（後略）》

十九歳の定家は月と梅花を愛でて明月記に記した。それから十六年後、三十五歳の定家は月と桜花を愛でて歌に詠んだ。どちらも夜更けまで起きて美の境地にひたつてゐる。人間の感性は変らないといふことだらう。もつともこれは定家一人の資質ではなく、平安鎌倉期の歌人たちの共通の感性である。ただ定家は感性を言葉であらはすすべに長けてゐたのである。

ゆきなやむ牛のあゆみに立つ塵の風さへあつき夏の小車《をぐるま》

「夏」の歌。小車は牛車のこと。小は接頭語である。暑い日中、牛がのろのろと車を引いてゆく。牛の歩みと共に微かに風が生まれ、路面から埃が舞ひ上がる。

そんな光景を詠んでゐる。けふは暑いね、何と言へばいいんだらうこの暑さは――といふやうな日があるが、丁度そんな猛暑の昼間を彷彿させるやうな一首である。当時の歌人たちのあまり詠まなかつた、かなり即物的な作品である。都市詠といつていい。もしも牛の糞を詠んだりすれば完全に褻《け》の歌になるが、これはその一歩手前の歌である。


たちのぼり南のはてに雲はあれど照る日くまなきころの虚《オホゾラ》

これも「夏」の歌。「虚」が韻字で、これは読みにくいから原作に片仮名の振り仮名が付けられてゐる。

炎暑の日、空は雲一つない状態だつたが、いつのまにか南の空に積乱雲が湧き起こり、白く輝いてゐる。しかし雲が少々出ても、真夏の空は暑い眩しい太陽光が照りわたり、眼をあいてゐられないほどだ、ぐらゐの意。

強烈な光と熱に満たされた夏空を、大きなスケールで描き出した作である。「南のはてに雲はあれど」と言つたことで、空の広大さが一層印象づけられる。

また、普通なら「日はくまもなくおほぞら照らす」とでも言ふところを、「照る日くまなきころのおほぞら」と言つたのは、工夫のある表現である。これによつて底深い静寂感がかもし出されてゐる。

旅人の袖ふきかへす秋風に夕日さびしき山の梯《かけはし》

「秋」の歌。どこでもいいだらうが、この歌の舞台として吉野や熊野の山中あたりを思ひ浮かべると理解しやすいと思ふ。山また山が連なり、その中に二つの山をつなぐ吊橋がある。いまその橋を旅人がわたつてゆく。秋風が吹き起こり、旅人の袖がひるがへる。かなたに小さな夕日が赤く光つてゐる……。閑寂な寒々とした山の夕景色を詠んでゐる。寂しいけれど味はひのある作である。のち新古今集に入集した。

ここで急いで付け加へておかねばならないが、辞書によれば「梯」は「険しい崖などに板などを渡した橋」だと言ふ。どんな橋なのか、私にはよく分からない。で、私は吊橋を思ひ浮かべて一首を解釈したのである。

色わかぬ秋のけぶりのさびしきは宿よりをちの宿に焚く柴

これも「秋」の歌。わが宿に柴を焚く煙が立ち昇る。遠くを見ると、あちらの宿でも柴を焚いてゐるやうだ。しかしその煙はかすかで、眼に見えないほど淡い。

そんな内容の歌である。柴は、暖をとつたり湯を沸かしたり物を煮たりするために焚いてゐるのだらう。よその煙はあんなに薄く見えるが、わが宿の煙も、よそから見れば同じやうに薄く見えるに違ひない、と作者は思つてゐるのだらう。生きることの儚さをさりげなく感じさせる点が、この歌の優れてゐるところである。

色にいでて秋の梢ぞうつりゆくむかひの峯のうかぶ杯《さかづき》

これも「秋」。三句切れの歌である。上句は、秋の梢がそれぞれの色に紅葉してゆく、の意。下句は、向かひの山の上に盃のやうな月が浮かんでゐる、の意。特に秀歌とは言へないが、視覚的に印象あざやかなところがいい。

雲さえて峯のはつ雪ふりぬればありあけのほかに月ぞ残れる

「冬」の歌。大意は、「寒さで雲も冴えわたり、峯に初雪が降つた。空には有明の月が浮かび、雪じたいも白く光つてゐる。あたかも、もう一つの月があるかのやうに」。

生き物の気配はどこにもない。雲と月と雪があるのみの、白の風景である。やや理屈ぽい面を除けば、荒涼たる美を描いた斬新な作といへよう。かうした冬の荒涼美を開拓したのは定家である。

堀田善衛氏はその著『定家明月記私抄』の中で、右の一首について次のやうに述べてゐる。

「(この作品は)よくもかくまでに、雲さえて、峯の初雪、有明の、月と、白色、あるいは蒼白の色を重ねあわせて、あるいは重ねあわせるだけで一首の歌を構成しえたものと感歎せざるをえず、薄墨の朦朧たる背景に音階、あるいは音程を半音程度にしか違わぬ白の色を組み合せて配し、音の無い、しかもなお一つのはじめもおわりもない音楽を構えて出していること、それは実におどろくべき才能であり、かつそれ自体で一つの文化をさえ呈出しえているのである。」

かう称賛したあと、続けて言ふ。

「けれども、さていったい、だからどうだと言うのであろうという不可避な念を更におすとなれば、この音楽はその瞬間にはたと消えてしまってあとには虚無が残るばかりなのである。」

なるほどと思はなくはない。しかし言葉を追求してゆくと沈黙にたどりつき、純粋を追求してゆくと無にたどりつくのではないか、といふ想念が私の脳裏を駆けめぐる。

雪うづみ氷ぞむすぶをしかものかげとたのめる池のま菅を

これも「冬」の歌。「をしかも」は、鴛鴦に同じ。ま菅の「ま」は接頭語。

池があり、菅が生ひ茂り、その蔭に鴛鴦が身を憩はせてゐた。だが真冬になつてその菅群を雪がうづめ、氷が閉ざしてゐる。もう水鳥もゐない。

この歌にも、冬の荒涼美が描かれてゐる。菅は枯れて、鴛鴦は不在である。しかし残像として緑の菅があり、鴛鴦がゐる。そのぶんだけ一首に命の気配が微かににじんでゐると言へよう。

かたみかはしるべにもあらず君こひてただつくづくとむかふ霄《オホゾラ》

「恋」の歌。大意は「空はあの人の形見であらうか、いやさうではない。また、あの人と私をつなぐしるべでもない。君を恋ひつつ私はむなしく大空を眺めてゐる」。

一読して「夕暮は雲のはたてに物ぞ思ふ天つ空なる人を恋ふとて」（古今集、読み人知らず）の本歌取であることが分かる。人恋ひの鬱情、いぶせき思ひを詠んでゐる点で二人の作は共通してゐるが、空を形見といふ概念で眺めてゐるのが定家の新しさである。ただ本歌には「夕暮」「雲」の語があり、イメージの無い定家の作よりも豊かさがある。

与へられた韻字は「霄」。普通これは「よひ（宵）」の意であるが、ここでは大空の意で使つてゐる。先に「虚」といふ韻字があつて、それも大空の意で使つてゐた。二つの字にどんな違ひがあるのか、よく分からないが、同じ空でも「虚」は空間的な広がりを持ち、一方「霄」は情緒的しめりを帯びてゐる、といつた印象がある。

三笠山ふもとばかりをたづねてもあらまし思ふ道の遐《はるけ》さ

これは「述懐」の歌である。三笠山は近衛の職をいふ。当時、定家は近衛少将であつた。「あらまし」は、あらかじめ、おほよそ、の意。

表面の意味は「三笠山の麓ばかりを尋ね歩きつつ、これから辿る道の遠さを思つて途方にくれる」といつたところ。真の意味は「まだ自分は近衛職の低い地位に甘んじてゐる。これから先のことを思ふと、出世の道の遠さに心細くなる」。

述懐の歌は、ほとんど嘆きの歌である。あらはな嘆きを比喩に隠してうたふ。だから、あまりいい作品はない。定家でもさうだ。述懐に秀歌なし。ただ作者の生まの感情が出てゐるのを受け止めればいいのだ、と私は思つてゐる。韻字は、あまり見かけない「遐」。こんな字も使はねばならないのだから、定家の苦労がしのばれる。

いくとせぞ見し柴の戸は人すまで石井の水にしげる萍《うきくさ》

「山家」の歌。柴の戸は、簡素といふか粗末な山家をあらはす。石井は、石垣で囲んだ井戸。初句切れの歌である。かつて見た山家に幾年ぶりかで訪ねてみると、すでに主はゐず、井戸の水面は浮草でおほはれてゐる、といふ歌である。隠棲してゐた人の死を暗示するところに、この歌の深さがある。

いざさらばたづねのぼりて関すゑむただこのうへぞ月の入る岑《みね》

これも「山家」。全ての人々と交はりを絶ち、道をたづねて山深く分け入り、関を作つて人の訪れを拒絶し、隠遁生活を送りたい、といふ願望を詠んでゐる。背後にあるのは山の峰と、そこに沈む月だけ。

あくまでも願望を詠んでゐるだけではあるが、生き方のイメージが鮮烈に出てゐて、魅力ある歌となつてゐる。先の述懐の歌に見られたやうな俗世への執着と、この歌に見られるやうな隠遁願望は、同じ重さで釣り合つてゐるのだ。

おもかげのひかふる方にかへり見るみやこの山は月繊《ほそ》くして

最後に「旅」の歌。「ひかふる」は、控へるの意であらう。

歌意は「旅に出て都を離れたが、ふと恋しい人の面影を感じて振り返ると、都の山の上に月がほそく浮かんでゐる。まるであの人のほそい眉のやうな月だ」。むろん大伴家持の作「振りさけて三日月みれば一目見し人の眉引《まよびき》思ほゆるかも」の本歌取である。それゆゑに、旅の歌でありつつ半ば恋の歌になつてゐるのである。旅愁と恋情の混じり合つた静かな抒情歌だ。

この「韻歌百廿八首」の作歌を定家に命じたのは、既述のごとく主君良経である。定家は眉をしかめながら詠んだことであらう。だが「たちのぼり南のはてに雲はあれど照る日くまなきころの虚」「旅人の袖ふきかへす秋風に夕日さびしき山の梯」などの名歌が生まれたことによつて、また韻字の百二十八字を詠みこなす離れ業を成し遂げたことによつて、この一連は定家の歌業の一つの峰を成すことになつた。

〈大胆で、しかも緊密な言葉続きによって、はてしない空間に向かう浪漫的詩情を表現した作や、それまでの和歌がけっしてとりあげようとはしなかった中世都市京都のスナップをいきいきと試みた「ゆきなやむ」の歌など、異色作はすこぶる多い。これは韻字をあたえられ、かならずそれを脚韻のごとく詠みいれねばならないという制約によって、かえって詩的想像力が日常的な次元を超えて飛躍した所産であると考えられる。であるとすると、定家にそのような困難な課題をあたえた内大臣良経その人の功も大きいといわねばならない。〉と久保田淳氏は『藤原定家』の中で述べてゐる。

十九、仁和寺宮五十首

建久七年（一一九六）九月、定家は「韻歌百廿八首」を詠み、歌人として大きな仕事をした。だが同年十一月、主君の九条兼実が失脚し、定家の生活も暗い雲に覆はれる。

すでに触れたやうに、兼実は娘・任子《にんし》（良経の妹）を後鳥羽天皇の中宮として入内させてゐた。一方、兼実の政敵である源通親も養女・在子《ざいし》を後宮に送り込んでゐた。そして建久六年、任子は昇子《しようし》内親王を生み、在子は為仁《ためひと》親王を生んだ。つまり、在子のところに天皇の世継ぎが誕生したのである。これによつて通親は政治的にだんぜん優位に立つた。宮廷には、鎌倉幕府の支援によつて台頭した兼実を快く思はない公卿たちがゐた。建久七年十一月、通親はさうした反鎌倉の公卿勢力を結集し、兼実を関白の地位からひきずりおろした。世にいふ〈建久七年の政変〉である。

定家は九条家に家司《けいし》として仕へ、兼実の〈前駆《さきがけ》殿上人〉のやうな立場にゐて、実際はおもに嗣《し》子《し》良経に仕へてゐたやうである。ともあれ兼実の失脚は、ただちに定家の生活を暗がりに落とし込んだ。主君の地位が危ふくなると、家臣の立場など、あつて無きがごとしである。

そのためか翌年の建久八年（定家三十六歳）は歌人としての活動も停滞し、たつた二首の歌しか残つてゐない。また、明月記も、わづか二日分の記事があるのみである。その二つの記事を引いておかう。

《八月十六日。黄昏束帯を着《ちやく》す。駒牽《こまひき》の事に依るなり。退出の後、一行《いちぎやう》右中弁の許《もと》に送る。
　立ち馴れし三世《みよ》の雲井を今更に隔てて見つる霧原の駒
返り事、廬に帰りて即ち持ち来る。（後略）》

駒牽は御料馬天覧の儀式で、毎年この八月十六日に行はれた。「右中弁」は、儒者で歌人であつた藤原資実のこと。一首は、「高倉・安徳・後鳥羽の三代に仕へて来たのに、自分は今、はるか遠くから霧原の駒を眺めるだけだ」といふ嘆きの歌である。霧原は信濃の地名で、良馬の産地であつた。正しくは桐原と書く。霧の字を当てたのは、貴人たちのゐる場所が霧のかなたのやうに遠い、の意を含ませたいからであらう。霧は雲の縁語でもある。

明月記に自作の歌が記されることは稀で、これは数少ない例である。原文はすべて漢字で「立馴之三世乃雲井乎今更爾隔天見鶴霧原乃駒」と宣命書のやうに表記されてゐる。

政変によつて九条家が籠居状態にあり、家司として定家自身も雲井（宮中）から大きく隔てられてゐるといふ辛さが右の歌にこめられてゐる。このままでは出世・昇進の道は全くない。これに対する資実の「返り事」、すなはち返歌は「時のまの隔てなるらん立ち馴れし雲井に近き霧原の駒」であつた。まあ暫くの辛抱です、いづれ宮中に戻れますよ、といふ慰めの歌である。

建久八年のもう一つの記事は次の通りである。

《十二月五日。天晴る。少輔《せう》入道（寂蓮）来たる。「一日召しに依り仁和寺宮に参ず。仰せに云ふ、『五十首和歌を詠ぜんと欲す。定家父子詠進すべき由、相示すべし』」といへり。時に云ふ、「身は憚り多しといへども、此の事を聞き左右《さう》無く領状す」と。宮の御事、更に似ざる事なり。》

仁和寺宮（正式の名は、仁和寺御室守覚《しゆかく》法親王）は後白河天皇の第二子で、和歌・書道をよくした。式子内親王の兄にあたる。この人から五十首詠への出詠を要請されたのである。定家はためらふことなく承諾した。

翌年（建久九年）の夏、定家はこの五十首を詠む。作者は俊成・定家のほか、寂蓮・家隆・有家・顕昭ら十七名であつた。これが「仁和寺宮五十首」であるが、その作品に入る前に、明月記の建久九年の記事を幾つか見ておかう。当時の定家の生活を断片的に知ることができる。

《一月一日。日蝕。天晴る。（日、蝕を帯びて出づ。十四分欠くべきの由、兼日《けんじつ》の聞こえ有りといへども、其の光例の如し。蝕に於いては顕《あらは》に現る。巳の時許り例に復し了んぬ。）》

定家は日・月・星の動きに敏感で、天文のことを丁寧に記録してゐる。この記事もその一つ。人間社会の吉事や凶事は、天文の動きと関連がある、との思想が当時の人々を支配してゐたのだ。「十四分」は、十のうち四分、つまり「十分の四」の意かと思はれる。

《一月廿七日。今日、左司（藤原公定）即ち黄牛一頭を引き送らる。尋常の牛なり。去年の冬より、惣じて牛を持たず。東西に相尋ぬといへども、更に芳心の人無きの処、殊に悦喜す。》公定（定家の妻の兄）から牛を送られ、素直に喜んでゐるのである。それまで牛車を引く牛がゐず、困つてゐたのだらう。

次は後鳥羽院に関する記事である。

《同日。今日、太上皇密々女車に乗りおはしまし、最勝光院におはします。此の一所に限らず、近日京中並びに辺地を日夜御歴覧あり。》

《二月十九日。天晴る。八条殿に於いて兼時語りて云ふ、「上皇、今暁城南に幸す。御共の人皆悉く船を儲く」と。但し又の説に云ふ、「明夕行幸、御見物有るべし。逗留の条、不定なり。近臣の輩、只周章す」と。》

後鳥羽天皇はすでに為仁親王に譲位し、院政を開いてゐた。この年（建久九年）まだ十九歳の若さである。ちなみに定家は三十七歳。右の二つの記事を見ると、後鳥羽院の活発な行動を、定家が驚きの眼差しで眺めてゐるやうな気配がある。

次の部分は、二章のところで触れた、和歌関係の記事である。

《二月廿五日。天晴る。殿〔兼実〕より仰せて云ふ、「竹に雪降る古歌、小々注進すべし」と。予、此の仰せを蒙るの後、三代集并びに後拾遺・金葉集を引き見るの処、竹に雪降る歌無し。近代常に詠む歌なり。定めて巨多《おほき》かの由存ずるの処、更に見ず。詞花集を当時持たざるの間、又柿本・紀氏集を勘へ見る。遂に以つて無し。仍りて崇徳院百首、堀川百首并びに千載集を予《たま》はり、二首（読人共に然るべき人にあらず。）書きて持ち参ず。》

竹に雪が降る、といふ古歌があつたら教へてくれと兼実から命じられ、定家は手持ちの勅撰集・家集を調べる。しかし見つからないので、崇徳院百首や堀河百首を借りて調べ、やつと見つけた二首を兼実に報告する。このやうな仕事が、歌を詠むことと共に、定家の本領であつただらう。

《二月廿六日。天晴る。辰の終り計《ばか》り、北山長谷の方に向ふ。売地有るに依り、行き向ふ所なり。(中略)貴賢の旧跡といへども、其の所甚だ興無し。已に相伝の思ひ無し。空しく皈路《きろ》に赴く。未の時計りに皈宅、遠路無益々々。》

売り地があると聞いて、北山へ出かけてゐる。当時そのあたりは別荘地だつたのだらう。物件は貴人が住んでゐた跡だが、趣きのない土地なので定家は買はなかつた。朝九時前に家を出て、午後二時ごろ帰宅してゐる。やれやれくたびれた、といふ溜息が聞こえてくるやうな記事である。経済的に苦しいはずだが、土地を買ひたいと思ふぐらゐだから、極貧の人ではなかつた。

この年の夏、「仁和寺宮五十首」が成る。前述のやうに作者は計十七人であつた。定家の歌を見てゆく。構成は春・夏・秋・冬・雑で、雑のなかに「眺望」といふ題があるのが珍しい。

おほぞらは梅のにほひにかすみつつくもりもはてぬ春の夜の月

「春」の歌。地に梅の花が咲き、天に春の月が出てゐる。中ぞらは花の匂ひが満ち満ちて、そのため霞がかかつたやうになつてゐる。といつても月を隠すほどではなく、月はうすい紗《しや》をかけられたやうにほのぼのと輝いてゐる。
美しく品格のある歌である。「くもりもはてぬ」が巧みだと思ふ。牛車の牛がゐなくて、用のある時は京の街をてくてく歩いてゐた三十七歳のややくたびれた男の作品、といふことを考へながら読むと、いつそう面白い。のち新古今集に入集した作。

霜まよふ空にしをれしかりがねのかへる翅《つばさ》に春雨ぞふる

これも「春」。冬のあひだ、さまよふやうに霜が空に満ちて、雁の翼は萎《しを》れてゐたが、春になつて雁は北を指して帰つてゆく。その翼を春雨がやはらかく濡らす。
飛んでゐる雁をクローズアップし、翼をストップモーションでとらへたのがこの歌の特徴である。その翼に、きびしい冬の霜と暖かい春の雨を重ねて写し出してゐる。これは一種の〈異時同《いじどう》図《づ》法〉といへよう。イメージが簡潔で豊かであり、大きな空間・時間を感じさせるところが魅力である。新古今集に入集。

春の夜の夢のうきはしとだえして峯にわかるる横雲のそら

これも「春」。浮橋は水上に筏を並べ、その上に板を渡したやうな橋のこと。筏でなく舟を並べると、舟橋《ふなはし》と呼ばれる。万葉の東歌に「上毛野《かみつけの》佐野の舟橋取り放し親は離《さ》くれど吾《わ》は離《さ》かるがへ」とあるのがそれである（上毛野の佐野の舟橋を解き放つやうに、親は二人の仲を裂かうとするけれど、私は離れるものか、の意）。

「峯にわかるる」は、峯に分けられるの意ではなく、峯に別れるの意であらう。本歌といふほどではないが、壬生忠岑の作「風吹けば峯にわかるる白雲のたえてつれなき君が心か」（古今集、恋歌二）の第二句をそのまま使つてゐる。

横雲は、横にたなびく雲。家隆に「かすみ立つ末の松山ほのぼのと波にはなるる横雲のそら」といふ歌がある。五年前に催された六百番歌合への出詠歌である。定家はこの第五句を借用したのである。

一首の意味は「春の夜、浮橋のやうなとぎれとぎれの夢を見たが、その夢も途絶えて、暁の空を眺めると、雲がゆるやかに峯から離れ、空を漂つてゆく」といつたところ。春の歌であるにもかかはらず、恋の気分が濃くにじんでゐる。それは「夢のうきはし」が源氏物語の最後の巻を連想させるからである。また、浮橋の「うき」から「憂き恋」を連想することも自由であらう。「わかるる」は男女の別れを暗示する言葉でもある。さうした諸々の要因が働いて、〈愛の甘美さ、恋のはかなさ〉といつたやうな情緒が一首の裏に寄り添ふのである。

下句は忠岑・家隆の詞句をそつくり借りてゐるが、一首全体は彼らの歌とは別個の、茫洋として玲瓏たる春暁の歌となつてゐる。歌の姿は叙景歌、歌のこころは恋歌、といつた感じである。これも新古今集に入集。

ゆふぐれはいづれの雲のなごりとて花たちばなに風の吹くらん

「夏」の歌。時は夕ぐれ、空に雲が浮かび、そのあたりから吹き寄せる風があり、地には芳《かぐは》しい橘の花が咲いてゐる。

源氏物語に「見し人の煙を雲とながむれば夕べの空もむつましきかな」といふ歌がある。雲を見て、亡き人の荼毘の煙を連想してゐる歌だ。また橘の花といへば、有名な「さつき待つ花たちばなの香をかげば昔の人の袖の香ぞする」の歌が直ちに思ひ出される。伊勢物語ではこの一首は、妻に去られた男がその妻に再会した時に詠んだ恋の歌である。

それらの歌を考慮に入れると、右の定家作は亡き恋人を偲ぶ歌となる。意訳すると、「夕ぐれどき、橘の花に風が吹いてゐる。いつたいどの雲から吹いてくるのだらう。懐かしいあの人の袖の匂ひのするこの風は」ぐらゐだらう。これも歌の姿は叙景歌、歌のこころは恋歌、といふことになる。妖艶と寂寥の入り混じつた作品である。新古今入集歌。

この仁和寺宮五十首の年から数へて七年後、新古今集が撰進される。その中に定家の歌は四十六首入つてゐる。西行九十四首、慈円九十二首、良経七十九首、俊成七十二首、といつた数字に比べると、少なめである。しかしこの四人は、歌壇的序列あるいは社会的地位などを配慮して厚遇された歌人である。式子内親王は四十九首であつたが、これは女性として最高の数字である。

以上の五人は特別待遇の歌人といってよい。定家は、家隆（四十三首）、寂蓮（三十五首）らと同じく、いはば第二グループに属する歌人なのである。いつの時代でも、芸術家の受ける評価はなかなか実力通りに行かないものなのだ。ちなみに後鳥羽院は三十三首、これはむしろ院自身が抑制した結果であらう。自己抑制による自己顕示といっていいかもしれない。

仁和寺宮五十首から定家作は新古今集に六首入集してゐる。一割強といふ高い入集率であり、定家が全力投球した粒ぞろひの一連といへよう。さて再び作品に戻る。

たれもきくさぞなならひの秋の夜といひてもかなしさをしかの声

「秋」の歌。分かりやすく表記すれば、「誰も聴く、嘸な、慣ひの秋の夜と言ひても悲し。さ牡鹿の声」。意訳すると、「秋の夜は誰もが耳を傾けるといふ牡鹿の声だが、そのやうに慣ひとなってゐるにせよ、やはり秋の夜に聴く牡鹿の声は悲しい響きがある」。

ところで花ガルタ、いはゆる花札には、日本人の美意識を象徴するやうな植物が描かれてゐるが、植物だけでなく動物も登場し、その中に鹿と猪がゐる。前者は〈鹿《か》のしし〉、後者は〈猪《ゐ》のしし〉と呼ばれた。〈しし〉とは野山にゐる獣の総称である。花札の中に粗野な猪が出てくるのは不思議な気もするが、人々は猪の野趣を愛したのだらう。鹿はむろん雅趣があるので好まれたのである。

夜、牡鹿は牝鹿《めじか》を求めて哀切な声で鳴くといふ。右の定家の作は、いつ聴いても牡鹿の鳴き声は悲しい、とその声のひびきを愛惜してゐる。もしこれを俳諧化して詠むと、たとへば「びいと鳴く尻ごゑ悲し夜の鹿」（芭蕉）となるだらう。尻ごゑとは、最後を長く引く声である。

あしかものよるべの汀《みぎは》つららゐて浮寝を映す沖の月かげ

「冬」の歌。「あしかも」は、鴨のこと。葦の生ひ茂る所にゐるので、この名がある。「つらら」は氷。

歌の大意は「鴨の寄辺であつた汀は氷が張つて近寄れないので、鴨たちは沖の方で浮寝してゐる。さうして、月光が差して鴨たちの影が水面に映つてゐる」。冬の夜の鴨の姿を描写した静かな風景画のやうな歌であり、冴え冴えとした月光が一首に満ちてゐる。

このあと「雑」に入る。

わくらばに訪はれし人も昔にてそれより庭のあとは絶えにき

「雑」の中の〈閑居〉と題された作。「たまたま人に訪問されたのも、もう昔のこと。それつきり来訪者はなく、庭には通ひ路の跡も絶えた」。世捨て人の立場で詠まれた歌である。古今集の「わくらばに問ふ人あらば須磨の浦に藻塩たれつつわぶと答へよ」（在原行平）を本歌としてゐる。

「……人も昔にて」といふ表現は、その人が故人になつたことを暗示してゐる。その後、生きてゐる者が訪ねてくることがない、と言つて、「閑居」の孤愁をあらはしてゐる。イメージの稀薄な歌だが、これも新古今に入集した。

言問《こと と》へよ思ひおきつの浜千鳥なくなく出でしあとの月かげ

「雑」の中の〈旅〉と題された作。「思ひおきつ」は、「思ひ置く」と「興津」の掛詞である。「問うてくれ。興津の浜の千鳥よ。思ひを残して私が泣く泣く旅立つたあとの月光の中で……。私が今どこでどうしてゐるかを問うてくれ」。

この一首は、旅の途中、興津（和泉国の軽部の浜を指すといふ）に宿り、さらに旅を続けて辺地に至つた時、興津の千鳥を思ひ出しながら、身の上の心細さを嘆いてゐるのだらう。内容はやや複雑で、ドラマ性のある歌だ。新古今集に入集。

わたのはら浪と空とはひとつにて入る日を受くる山の端《は》もなし

「雑」の中の〈眺望〉と題された作。珍しい題である。歌の内容は単純で、「海原の果てを眺めると、浪も空も一つに融け合つて境がなく、入日を受ける山の端もない」の意。茫洋と広がる海原を描いたスケールの大きい歌である。

京住みの人にとつて、月は西の山に沈むのが常識であり、定家は月が海に直接沈む光景を実見《じつけん》したことはないだらう。もしかすると、遠い越前・加賀・能登あたりの海辺を想起して詠んだのかもしれない。いづれにせよこの歌は、巨大空間の虚無的な広漠感をうたつたものとして優れた一首であり、その点で、以前に取り上げた「たちのぼり南のはてに雲はあれど照る日くまなきころの虚《おほぞら》」の作と通ひ合ふところがある。

二十、院初度百首への道

建久九年（一一九八）、これまで述べたやうに定家は「仁和寺宮五十首」を詠み、歌人として立派な業績を残した。しかし主君筋の九条家は政治的に蟄居状態にあり、定家も将来の望みを失つたやうな日々を過ごしてゐた。

翌年の正治元年（一一九九）も同様の状態がつづく。定家三十八歳。

《正月一日。日蝕。暁より更に陰《くも》り、雲忽ち畳む。微雨頻りに灑《そそ》ぎ、遅明以後甚雨。終日注ぐが如し。昏に臨み、雷電地震あり。夜に入り天晴る。昨日より社頭に参籠し、夜前《やぜん》奉幣通夜す。暁に大殿開きて奉拝し、宿所に退下す。》

大晦日から年頭にかけて、大津の日吉神社に参籠してゐる。厄払ひ、幸運祈願のためであらう。天候の描写が細密できびきびしてゐる。

《正月十八日。晴陰。雪飛び、甚だ寒し。早旦、閭巷《りやかう》の説に云ふ、「前右大将、所労に依り獲麟《くわくりん》す。去る十一日出家の由、飛脚を以つて夜前《やぜん》院に申さる。仍りて公澄を以つて御使と為し、夜

中下向すべき由仰せらる（中略）」と。朝家《てうか》の大事何事か之に過ぎんや。怖畏逼迫の世か。又或説に云ふ、「已《すで》に早世す」と。》

源頼朝死去の噂を書きとめてゐる。十一日出家の知らせが後鳥羽院のもとに届き、院は直ちに使ひを立てて鎌倉に下向させた。だが巷間では、すでに頼朝は死去してゐると囁かれてゐた。頼朝の死は皇室に大きな影響を与へずには置かないから、定家も緊張して成り行きを見つめてゐる。

じつはこの間《かん》、政治の中枢部は頼朝の死を知つて素早く動いてゐた。「たしかに政治は怖るべきものである」と言つて堀田善衛氏は次のやうに書いてゐる。「源通親は後鳥羽院と語らってその死の報知を秘して、まず電光石火、人事異動（除目）を断行し、自らを右近衛の大将に任じ、頼家（将軍）を左中将にし、その後にさッとばかり閉門蟄居して哀悼の意を表する。」（『定家明月記私抄』）

つまり通親は、社会的動揺が起きる前に、しかるべき手を打ち、あとは知らぬ振りをしてゐたのである。定家にとつて通親は兼実を追ひ落とした憎むべき政治家である。明月記で次のやうに非難してゐる。

《正月廿二日。（中略）人云ふ、右大将初任の翌日より閉門す。前将軍、有事の由、奏聞せず（傍輩又此の如し）。見存《げんぞん》の由を称し、除目を行ふの後、薨逝を聞き、忽ち驚歎するの由、相示すため閉門すと云々奇謀の至りなり。》

「見存」は「現存」に同じ。このあと、《又巷説に云ふ、院中物忩《ぶつそう》、上の辺り、兵革の疑ひあり》と記してゐる。「物忩」は物騒なこと。京に不穏な空気が漂つてゐるのである。
《二月十一日。天晴る。一昨日、京中忽ち騒動す。隆保朝臣、北小路東洞院に行き向ひ、諸武士を喚び集めて議定す。此の事に依り天下又狂乱、衆口嗷々《がうがう》たりと。是れ皆、不幸の人殃《わざは》ひを招くべきの故か。》
定家の縁者・源隆保朝臣が武士を集め、事を起こさうとした。「天下又狂乱」は、かうした事件が頻発してゐることを指す。隆保は、定家の姉（近衛備前内侍腹、源季兼妹）の婿である。頼朝の死は意外な所に飛び火した。これは皆、不幸の人（頼朝の女婿・藤原能保を指す）が災ひを呼び寄せてゐるのだ、と定家は嘆いてゐる。のち五月二十二日、隆保は土佐へ流罪になり、事件はケリがつく。
《三月廿一日。終日雨降る。今朝より腰俄に痛む。退出して以後、焼石《やきいし》を宛《あ》つ。弥々《いよいよ》以つて増す。》
定家はいろいろ病気を持つてゐるが、腰痛が出てくるのは珍しい（このころの主な病気は、「風病」「咳病」「瘧《おこり》」「心神甚だ悩む」などである）。焼石は温石《をんじやく》ともいひ、焼いた軽石を布にくるんで患部に当てる。だが痛みは増すばかりだつた。
《三月廿五日。天晴る。今日、除目聞書を見る。雅親・師経正下に叙す。予、安芸権介を兼ぬ。聞書に載せらる。尤《もつと》も珍重す。在世の身に似たり。》
聞書は、叙位任官を書いた文書のこと。定家は一応、安芸権介に任ぜられた喜びを記してゐる。しかし安芸守そのものは別にゐて、定家はその次官だから、大した身分ではないのだ。

「権」は「仮の」の意である（仏が仮に現れたのを権現といふ。それと同じ使ひ方）。「在世の身に似たり」とは、自分も世間に属してゐるやうだ、といふことで、自嘲のひびきがある。

《五月一日。天晴る。大炊殿《おほひどの》女房告げ送りて云ふ、「雑熱の事候ふの間、医師等を召す」と。》

これは式子内親王に関する記事である。式子のもとに仕へてゐる女房（姉・竜寿御前）から、お熱があつて医師をお呼びしました、との知らせが来たのだ。

《五月十二日。天晴る。巳の時許り大炊殿に参ず。御肩の雑熱、一日より大黄《だいわう》を止め、膏薬を付けらるるの間、又左の御脊下に小瘡を見出ださる。仍りて又大黄を付けらると。此の事に依り驚きて参ず。女房云ふ、「但し、別事候はず」と。未の時家に帰る。》

式子内親王を見舞つてゐる。午前十時ごろ参じて、午後二時ごろ家に帰つたとあり、滞在時間が長いから、定家は式子と直接会話を交はしたのではなからうか。なほ式子は翌々年まで存《なが》へる。

《六月廿二日。天晴る。任大臣《にんだいじん》の日なり。労る事有るを称して参内せず。申の時許り、良業風聞の説を以つて注し申す、「太政大臣頼実、左大臣良経、右大臣家実、内大臣通親、権大納言泰通、権中納言実教、参議一条兼良、参議家経」と。終日御前に在り。此の事を聞くに及び、心中の欣快喩《たと》へを取るに物無し。此の上に於いては各々御宿運なり。事の次第更に云ひ尽すべからず。》

これは朗報である。主君良経が左大臣に任ぜられたのだ。三年前の〈建久の政変〉の時、兼実は関白を罷免され、蟄居した。良経は内大臣のままだつたが、政治的な場から身を引いた。さういふ状態で右大臣に任ぜられたのだから、再び良経の所に日が当たるやうになつたといつていい。まだ政治の中枢にゐるのは「内大臣通親」であらうが、後鳥羽院が徐々に主導権を握り始めたことが右の人事から窺はれる。塚本邦雄氏は、後鳥羽院の胸中について次のやうに推測してゐる。

「叡慮がもし良経の上に及んだとすれば、院の心中には翌年の初度百首以後、撰和歌所、千五百番歌合、新古今勅撰の腹案が形を成しつつあつたゆゑであらう。この秀才をおいて和歌復興の途の最高の伴侶はゐないといふ確信、それが良経にとつて幸が不幸かは知らず、英帝の歌への急ぎは堰を切つたやうに実現しはじめる。」（筑摩書房・日本詩人選『藤原俊成・藤原良経』）

翌正治二年、後鳥羽院主催の初度百首の催しを契機として定家は院に近づき、歌人として一層めざましい活躍をするやうになる。がしかし、正治元年の定家はそんなことにならうとは夢にも思はず、たとへば《心神忽ち不快にして手足の継目甚だ痛し。（中略）手足猶冷ゆるの間、忩《いそ》ぎ退下するの後、忽ち病悩す》（八月十四日）などと呻きながら暮らしてゐたのである。

正治二年（一二〇〇）は、「院初度百首」が催され、定家にとつて大きな躍進の年となつた。これを主催した後鳥羽院は二十一歳、定家は三十九歳であつた。院が和歌の道に深い興味を示し始めたのはこの年からである。もしも院が和歌好きでなかつたら、おそらく中世和歌史はもつとくすんだものになり、和歌史上の定家の位置ももう少し低いものになつたかもしれない。

百首歌が企画されるのは正治二年七月であるが、そこに至るまで同年の出来事を明月記から幾つか拾ひ出して、定家の生活を少し覗いてみよう。

《二月廿一日。今朝聞く、「五条上、夜前《やぜん》已に入滅す」と。連々服仮《ふくか》極めて歎きと為す。世上の無常驚くべからずといへども、同胞の中未だ此の事有らず。次第道理たりといへども、長兄先づ此の如し。殊に哀慟の心を催す。女房を以つて軽服《きやうぶく》の由申し了んぬ。》

前夜、姉の八条院三条が死去した。五十三歳であつた。「長兄」とあるのは、同腹の兄弟姉妹の中で最も年長だつたからである。この女性が俊成卿女の生母であらうと言はれる。姉の死後まもなく、その菩提を弔ふため、定家は嵯峨へ行き、十日間ほど籠《こも》つて写経に打ち込む。

《閏《うるふ》二月二日。天晴る。早旦に京を出で、午の時許りに嵯峨に来たり着く。今日より彼岸なり。其の間、経を書写するの志有るに依るなり。沐浴し髪を洗ひ了んぬ。（中略）秉燭《へいしよく》の程、執行阿闍梨僧二口を相具して来たり懺法を始む。形の如く供料を忠弘に下知し了んぬ。写経を始む。》

そのころの嵯峨は京の郊外《はづれ》であつた。定家の別宅がそこにあつたのだらう。定家は沐浴潔斎して写経を始めるが、すぐに雑事が追ひかけてくる。

《閏二月四日。暁より雨降る。午の時に休《や》み、天晴る。今日、伊勢の使の男来たる。地頭猶承引せず、追ひ返す、と。又鎌倉に示し送るべきかの由、示し遣り了んぬ。》

定家所有の荘園の一つ、伊勢の小阿射賀御厨《こあさかみくりや》に遣はした使ひの男が、地頭に追ひ返された、と報告に来たのである。鎌倉に訴へるぞと言へ、と指示して使ひを帰したが、定家は苦々しい思ひであつただろらう。自分の荘園から、きちんと品物が上がつてこないのである。小阿射賀（現在の三重県一志郡）は絹の産地だつたらしい。同年十二月二十八日の記事に、《勢州の使、帰り来たる。絹一寸も相具《あひぐ》さず。地頭猶奇怪と。雑物許り適々《たまたま》持ち来たる》とある。貴重な絹は手に入らず、つまらぬ物だけを持ち帰つたのである。当時、荘園の持ち主たちは、地頭の濫妨《らんばう》にしばしば悩まされた。濫妨とは、物品をくすねる行為をいふ。定家にとつて小阿射賀は奇怪な（けしからぬ）地頭によつて特に被害の多かつた荘園である。

《閏二月十三日。天晴る。今日、京に出でんと欲する日なり。辰の時許りに青侍等云ふ、「坤《ひつじさる》の方、竹の内に穢物《ゑぶつ》有り。人の頭なり」と。（中略）適々京に出づるに又穢物、極めて無骨なる者なり。即ち取り弃《す》てしむ。》

亡き姉のため法華経・無量義経・普賢経十巻の写経を終へてやつと京に戻らうとした時、南西の竹林の中に穢物が見つかつた。調べさせると、死体の頭部であつた。こんな日に何と間の悪いことか、と定家は嘆く。やや大げさに言ふなら、強盗、人殺し、天災、飢饉、疫病など、もろもろの災厄が人々を取り巻いてゐたのが、定家の生きた時代であつた。病草紙、餓鬼草紙などの絵がその闇の世界を伝へてゐる。

《三月廿一日、三名《みな》、日来《ひごろ》無為なり。（中略）未の時許り小瘡多く出づ。疑ふらくは、へなもか。近日、世間の小児等此の事有りと。》

「三名」は、この年三歳になつた嫡男・為家のことである。日ごろ元気だつたのに、小さな瘡蓋がたくさん出てきたので、へなも（水疱瘡）ではないか、と心配してゐる。このあたりには普通の父親・定家の姿が出てゐる。

このあと、ちよつとスキャンダラスな、今でいふ週刊誌ダネの事件が記されてゐる。

《三月廿七日。人云ふ、女院の蔵人、人妻を犯すの間、本夫《ほんぷ》、剣を抜きて斬り殺す。六条万里小路の辺りと云々。》

《三月廿八日。昨日殺害されし物、此の少輔入道の子、若狭前司（保季）と云々。（中略）惣じて其の性落居せざるの間、聞く所なり。始終此の如し。言語道断。白昼、武士の妻を犯すと云々。》

《三月廿九日。保季の不奇、左右に及ばずと雖も、諸院殿上以上の物を白昼に殺害、又世間の重事か。言語道断の者なり。六条の南、万里小路（西）、九条面の平門の内にて之を斬り伏す。門前、市を成す。見る物、堵《かき》の如しと云々。》

少輔入道とは寂蓮のことである。その息、藤原保季が人妻を犯し、本夫に斬殺されたのである。保季は、定家から見れば従兄の子に当たるが、日ごろから性格に落着きがなく、その行ひは言語道断である、と手厳しい。また本夫も、殿上以上の者を白昼に殺害するとは言語道断、とこれも厳しく非難してゐる。定家の倫理的な面が出てゐる部分である。

明月記には、日を追つて入つてきた情報が刻々と記されてゐるので、テレビで事件レポートを見てゐるやうな迫力がある。このあと更に「本夫、先づ大刀を以つて数刀之を切る。従者又寄りて、打ち殺すと云々」といふふうに細密な描写が続く。定家は倫理的な面とは別に、モノマニアックな記録魔、といふ面を持つてゐるのである。この事件について堀田善衛氏は次のやうに言ふ、「思うに、ここにあらわれているものは、京都公家、殊に禁中において、ほとんど狂態と呼ぶべきほどのスキャンダラスな男女関係をもっていた連中と、新興の武士たちとの間の、倫理観の差異であろう」と（『定家明月記私抄』）。すると定家は、どちらかといへば公家でなく武士的な倫理観の持ち主だつたといふことになるだらう。

《三月三十日。天晴る。今日、艶陽の尽日なり。尤も風景を翫《もてあそ》ぶべしと雖も、世間の体、只越後の小所の殃ひに懸かりて問答し、此の日を送る。恥づべく悲しむべし。古賢の心を奈何《いかんせん》。》

今日は艶陽（晩春）の最後の日であり、風景を賞翫するのが古賢の慣はしなのに、自分は世俗のことに引きずられ、ただ越後の小さな荘園の災害のことばかり話して、この日を送つてゐる——といふ内容である。「越後の小所」とは、越後の刈羽郡にあつた荘園のことである。今その辺りに原発が建つてゐると知つたら、定家はどんな顔をするだらうか。

石田吉貞著『藤原定家の研究』によれば、もっと後年のことだが定家所有の荘園は、近江、播磨（二ケ所）、伊勢、下総、越後（二ケ所）、伊賀、讃岐（三ケ所）、越前、下野、信濃、能登、尾張にあつた。それほど荘園を持つてゐながら、定家がしばしば自分の「貧」を嘆いたのは、地頭の濫妨及び自然災害（水害、旱害など）によつて、現地からの実収入が乏しかつたからである。

四月に入つて定家自身がイザコザを起こした。これは歌人としての自侍の心から生じた事件である。

《四月六日。天晴る。知範来謁し語りて云ふ、「季経卿大いに怒りて訴へ申す有り。『定家、歌合に作者を辞する仮名状に、季経が如きゐせ歌読みの判の時、堪へ難きの由書く』」と。（中略）歌合の交衆堪へ難し。結番誰ぞや。又近代の判者軽々なり。更に其の事に交はるべからざるの由、且つ庭訓有るに随ふ。》

季経が判者をつとめる歌合が企画され、そこに歌を出してほしいと定家に依頼があつたが、定家は書状で辞退を申し出た。どこの馬の骨かも分からぬ人物に歌を番《つが》へられたり、判をされたりするのは嫌だ、と定家は考へて辞退したのだが、そのことで季経がひどく怒つてゐる、と言ふのである。

ここには、〈歌の家〉である六条家と御子左家の対立が影を落としてゐる。季経は藤原顕輔の子で、六条家の歌人である。定家の母が亡くなつた時、季経は弔問の歌を送つてきたり、といふこともあつたが、しかし六条家・季経と御子左家・定家の仲は良くなかつた。定家が実際に「ゐせ歌読み」といふ語を使つたかどうか真偽のほどは分からぬにせよ、木で鼻をくくつたやうな断り状を書いたことは確かであらう。最近の判者は軽輩が多いから、つまらぬ歌合には参加するな、と父俊成がいつも言つてをられる。自分はその訓《をし》へに従つたまでのこと、と定家は冷然と記してゐる。

このあと四月九日、定家は良経の怒りを買ひ、籠居を命じられる。右の歌合が良経の後援する催しだつたからである。定家は嘆く、「親雅・季経の讒言《ざんげん》を信用され、理に処せらる。（中略）甚だ無益の世なり。飛鳥尽きて良弓蔵《かく》れ、狡兎死して走狗烹《に》らる」と。処分を受けた自分を、〈優れた弓〉と〈足の速い犬〉に擬《なぞら》へたところに、定家の歌人としての矜持と、世に容れられない悲哀がにじんでゐる。

明月記はこの年五月、六月を欠く。

七月、いよいよ「院初度百首」の企画が公けにされ、定家の身辺も慌しくなる。

《七月十五日。天晴る。未後大雨雷鳴、即ち晴る。巳の時許りに内供《ないぐ》来臨す。宰相中将示し送る事等有り。其の内、「院百首の沙汰有り。其の作者に入れらるべきの由頻りに執り申す」の由なり。若し実事たらば極めて面目本望と為す。「執奏の条、返す返す畏み申す」の由返答し了んぬ。(中略)昨日の百首の事、僻事《ひがごと》なり。全く其の人数に入れられず。是れ存ずるの内なり。》

宰相中将(妻の兄、西園寺公経《きんつね》)から書状が来て、「院百首の企画が公表された。その作者の中に貴殿も加へてもらふやうに運動してゐる」云々とあつた。もし実現したらこれほど光栄なことはない。くれぐれも宜しくお願ひ致します、と返事をした。そのあと日記は暗転する。

昨日のことは全くの間違ひだつた。自分はその作者の中に入つてゐない。これは、あの季経一派の仕業だと分かつてゐる、と。

定家の青ざめた顔が目に浮かぶやうだ。三日後、院百首の作者に入れられなかつた経緯について、かう記してゐる。

《七月十八日。天晴る。早旦に内供来臨す。請ふに依るなり。院百首の作者の事、相公羽林に相尋ねんがためなり。昨日消息を以つて之を示す。返り事に云ふ、「事の始め御気色甚だ快なり。而るに内府に沙汰するの間、事忽ち変改す。只、老者を撰びて此の事に預かる」と。古《こ》今《こん》、和歌の堪能《かんのう》に老を撰ぶ事、未だ聞かざる事なり。是れ偏《ひとへ》に季経が賄《まかなひ》を眄《かへり》みて、予を弃《す》て置かんがため結構する所なり。（中略）今日、心神猶不快なり。》

詳しいことを知りたく、相公羽林（公経）に問合せの手紙を出すと、その返事に「初め、後鳥羽院のご機嫌はすこぶる宜しかつた。ところが、源通親にこれを伝へると、たちまち作者の顔ぶれが改変された。ただ、（若い歌人を省いて）老者から選んで作者たちを決めた」と説明されてゐた。通親はたぶん四十歳で線を引いたのだらう。定家は怒つた。古来、歌の上手を選ぶのに、老者に限定した例は無い。これは季経が賄賂といふ手を使つて、私を排除しようとたくらんだのだ、と。

このあと二十一日、《暁以後、腹病忽ち発《おこ》る。苦痛為す方無し。痢、数度に及ぶ。又心神甚だ悩む。頭痛み手足痛む》《心中殊に違乱す。午後、腹苦しみ痛む》《終日不食》などと、七転八倒の苦しみを記してゐる。作者の顔ぶれから外されたことが、よほど身にこたへたのだ。

二十五日、隆信が百首歌を見せに来た。定家より三つ年長だから、作者に選ばれたのだらう。定家は《弃て置かるるの身、更に其の沙汰に及ばざるか》と言つて、その歌を見ず、隆信を帰してゐる。隆信に悪気はないのだが、定家は口惜しかつたに違ひない。翌日、また《此の百首の事、凡そ叡慮の撰にあらずと。只、権門の物狂ひなり。弾指すべし》と憤懣をぶちまけてゐる。

ここで遂に、老身の俊成が息子のために立ち上がり、仮名奏状を提出する。

定家のために俊成の書いたその書状は「正治二年俊成卿和字奏状」と呼ばれる。和字とは、漢文に対して、仮名混じり文のこと。略して「正治二年奏状」ともいふ。後鳥羽院に奉るものであるが、仮名文で書いてあるので形式的には院の側近の女房に提出する。三弥井書店版〈中世の文学〉『歌論集一』にこの奏状が収録されてゐるが、字数を計算してみると四百字詰原稿用紙で八枚ほどのかなり長い文章である。

「このほど、百首御歌などの御沙汰候《さうらふ》につけて、院の御所に申し入れまほしき事どもの候を、いとも申し通されぬと覚え候に、まづは君のこの道御沙汰、かくほど候ひて、歌の道むかしにかへり候こと、かぎりなくめでたく候。神の世よりこの国の風俗《ふぞく》としてこの道興《おこ》り候へば、世の中もをさまり、めでたき例にて候へば、このためめでたくうれしき事に候。」

奏状はこのやうに始まる。私の申し分をお聞き入れ下さるかどうか、はかりかねますが、ともあれ今回の百首歌の催しは日本古来の歌の道の復興にほかなりませんから、めでたいことに存じます、といふやうな意味であらう。

つづいて百首歌の意義を述べたあと、かつて「堀河百首」「久安百首」のいづれの場合も作者は年齢に関はりなく選ばれたことを説く。そして定家を推奨する。

「定家は既に四十に近くまかりなりて候。歌の道におき候ひては、こころやすく見給へ候へば、入道まかりかくれ候ひなんのちは、歌の判にも候へ、もしは撰集にも候へ、もし我が君もこの道御沙汰候はば、さりとも折ふしの召しには、まかり入り、召しもつかはれ候ひなんとこそ思ひ給へ候ひつるを、このたびの御百首の召しにまかり入らずなり候ひにける、思はざるほかのうれへ嘆きに候なり。」

もしも、この入道（俊成）が死にましたら、定家は歌合の折には判者を勤めませうし、また撰集の折には撰者も勤めませう。定家はそれほどの才知ある歌人でございますのに、今回の人選から洩れましたのは予想もしなかつた嘆きでございます。

「おほかた沙汰の判も集もえらび候はんずることも、我が歌をよく詠みての上の事に候。この比《ごろ》、歌詠み候と名のり候者どもは、みなちうの者どもに候。詠みいでて候歌は聞きにくく候。詞《ことば》多く、しなじなあやしくのみ候により候ひて、定家は、かつは姿をかへ、詞づかひ言ひちらし、古歌によみ合せ候はじ、とおもしろくつかまつり候を、この歌詠み候者どもは、おのづからよろしく候時は、ひとへに古歌、又ただことばのあやしきをのみ詠み候ままに、是をそねみ候ひて、別の字《あざな》など名を付けて候ひて、かまへてあしざまに人にも申し歩《あり》き候也。」

俊成の文とも思へないやうな激しい口調である。ごく大まかに要約すれば、「定家は立派な歌詠みでありますが、近ごろ歌詠みと名のる者どもにはロクなのが居りません」といふことだ。「ちうの者ども」とは、「宙（中身が空つぽ）の者ども」の意か。

右の「別の字など名を付けて候ひて」云々は、後年になつて定家自身が『拾遺愚草』の中で「文治建久より以来、新儀非拠《ひきよ》達磨歌と称し、天下貴賤の為に悪《にく》まれ、已《すで》に弃《す》て置かれんとす」と記した出来事のことである。六条家の歌人たちが、かつて定家の新風和歌を「新儀」（新奇な）、「非拠」（拠り所のない）、「達磨歌」（わけの分からぬ歌）と非難しましたけれど、あれは連中の策略でございます、と俊成はここで弁護してゐるのである。

このあと俊成は、さらに清輔・教長（自分のかつてのライバル）や、季経（定家の敵手）などの歌人を名指しで厳しく批判する。彼らは物知らずで世間を惑はす非見識な歌人でありますから、院はどうか季経などの言葉に耳をお貸しにならず、世のために定家を作者の中に加へて下さいますやうに、と訴へる。

「されば定家はかならず召し入れらるべき事に候哉。かれはよろしき歌、さだめて仕《つかまつ》り候なん。御百首のため大切《たいせち》のこととなん。これらは更に子を思ひ候ひても申さず候。世のため、君の御為、吉事に候べきことを申し候。（中略）このこと返すがへすおそれ思ひ給へ候ながら、先例のよしきこえ候ことども、なかなか数をもたがへられ候べきこと吉事に候べきがゆゑに、かたがた憚り多く候ながら、申し入れまほしく候ひて、事ながくおそれおほき事におぼえながら申し候なり。あなかしこ。

和歌のうらの葦辺をさして鳴く鶴《たづ》もなどか雲井にかへらざるべき」

文の最後は、例によつて寓意的な歌で締めくくられてゐる。子を思つて申し上げるのではありませんが、と言ひつつ、この奏状には定家を思ふ愛情が満ち満ちてゐる。しかしそれだけでなく、歌人としての、また歌学者としての俊成の信念が文章をつらぬいてゐることも確かである。奏状はただちに効果をあらはした。八月八日、定家は作者に加へられたのである。翌日の明月記に言ふ。

《九日。早旦、相公羽林（公経）夜前《やぜん》百首の作者仰せ下さるるの由其の告げ有り。午の時許りに長房朝臣の奉書到来す。請文《うけぶみ》を進め了んぬ。今度加へらるるの条、誠に以つて抃悦《べんえつ》。今に於いては渋るべからずといへども、是れ偏《ひとへ》に凶人の構ふるなり。而れども今此の如し。二世の願望已《すで》に満つ。》

定家は記す。まことに嬉しいことだ。凶人（悪いやつ。季経一派を指す）が陰謀をめぐらしたが、結局自分が勝つた。二世（俊成・定家）の願望はここに満たされた、と。感情むきだしの記述である。俊成も定家も激しい闘志を持つて生きてゐたことが分かる。

もしも俊成がこの奏状を書かなかつたら、また書いたとしても後鳥羽院が同情しなかつたなら、御子左家は徐々に衰退したかもしれない。〈歌の家〉の人間にとつて、百首歌のやうな大きな催しの作者に選ばれるか否かは、生死《いきしに》に関はる大きな問題なのだ。現在の歌人とは、拠つて立つところが違ふ。

《十日。雨猶注ぐが如し。家隆・隆房卿又題を給ふと。是れ皆入道殿申さしめ給ふ旨なり。五、六度、頭中将に付け内府に達す。「人数を定めらる。加へ難し」の由答ふ。仍りて仮名の状を進む。出御の間、使ひ書《しょ》を持ちて参入するの間、上北面を以つて直ちに召し取りて御覧じ、即ち三人を加へらる。親疎を論ぜず道理を申さると。》

明月記の漢文表現を細部まで正確に理解することは難しいけれど、たぶんこの部分は次のやうな場面を記述してゐるのであらう。

「十日。雨が注ぐやうに降りつづく。家隆・隆房卿がまた題をいただいたといふ。これは皆、入道殿が申し入れなさつた結果である。それまで百首歌の件で五、六度、源通具に託して通親殿に意見を申し上げたが、〈人数は決まりました。もう追加はできない〉といふ返答だつた。よつて入道殿は仮名奏状をお書きになつた。院が出御なさる時、入道殿の使ひが仮名奏状を持つて参入した。上北面の武士がこれを受け取つた。院は奏状をご覧になり、すぐ作者三人（定家・家隆・

家房）を追加なさつた。」

反対勢力の策略で危ふくなりかかつてゐた俊成・定家父子の命運が、後鳥羽院の叡慮によつて救はれたのである。その辺りの事情について『歌論集一』の解説で井上宗雅氏は次のやうに述べてゐる。

「この百首が後鳥羽院主催の最初の歌壇的大事業であったのはいうまでもないが、この百首によって院は御子左派、特に定家を認識し、高く評価するのであって、その百首に定家の加わる契機を作ったのがこの奏状であり、その歌壇史的意義は極めて大きいといわねばなるまい。」

八月九日以降、定家は百首歌の制作に取りかかる。

《八月十三日。未の時、北野に参詣す。自らの歌一巻を箱に入れ、祝部《はふり》の僧に預け奉納すべきの由語り付け了んぬ。先日参詣、心中の祈願已《すで》に以つて満ち足る。》

これより早く八月一日、定家は京の北野天満宮に詣でてゐる。どうやら百首歌の作者に入ることを祈願したらしい。その祈願がかなへられたので、また参詣したのである。北野天満宮の祭神は菅原道真公である。

《十九日。詠歌に辛苦し、門を出でず。》

《廿三日。右中弁奉書に曰く、「百首歌明日進《まゐ》らすべし」と。卒爾《そつじ》周章す。未の時許りに入道殿に参ず。愚詠二十首許り足らず。詠み出す所、御覧を経《ふ》。仰せに云ふ、「皆其の難無し。早く案じ出して進らすべし」といへり。又御歌を見、所存を申して退き帰る。》

百首を明日提出せよと急に命じられ、あわてて俊成の所へ行く。まだ八十首しかないが、とりあへず歌を見てもらふ。「どの歌も問題はない。早く作つて提出しなさい」と言はれ、定家はほつとしただらう。そのあと俊成の歌を見て意見を申し上げて、帰宅した。

二日後、いよいよ歌を提出する。しかし提出直前まで定家は苦吟してゐる。

《廿五日。天晴る。又歌を殿（兼実）の御前に持ち参じ、撰み定めて之を書き連ぬ。午の時許りに退下す。猶三首許り甘心《かんしん》せざるの由仰せらる。案ずといへども出で来ず。又一、二首許り之を書き、女房に付けて御覧を経《ふ》。宜しき由仰せ有り。又大臣殿（良経）申し合せ了りて書き連ね、秉燭以後院に持ち参じ、右中弁に付けて進《まゐ》らせ入れ了んぬ。隆房卿同じく参入し、之を進らすと。当時進らす人、白河僧正・権大納言・両三位（経家・季経）・隆信朝臣・生蓮（師光）・寂蓮なり。入道左府・入道殿已上二人は今朝と。》

兼実に歌を見てもらつたら、三首ばかり感心しないのがあると言はれた。俊成が定家に歌を見せて意見を聞き、また定家が兼実に歌を見てもらふ。いはば大学生が高校生に教へを請ふやうな風景だが、歌人たちはそれほど他者の意見を大事にしたといふことだらう。

翌日、定家のもとに思はぬ吉報が舞ひ込んできた。「内の昇殿」を許されたのである。

《廿六日。巳の時許り召しに依りて御前に参ず。暫くして退下するの間、頭弁書状を送りて云ふ、「内の昇殿の事、只今仰せ下す所なり」といへり。此の事凡そ存外なり。日来《ひごろ》更に申し入れず。大いに驚奇す。夜部《よべ》の歌の中に地下《ぢげ》の述懐有り。忽ち憐愍《れんびん》有るか。昇殿に於いて更に驚くべきにあらず。又懇望にあらず。今百首を詠進し即ち仰せらるるの条、道の面目幽玄たり。後代の美談たるなり。自愛極まり無し。》

内の昇殿とは、清涼殿の殿上の間《ま》に出仕すること。そんな願望など口に出したこともないのに、これは降つて湧いたやうな幸運だ、と定家は驚き、そして素直に喜んでゐる。これは昨夜提出した百首の中に「地下の述懐」の歌があつたが、院はそれを御覧になつて憐れと思はれたのだらうか、などと思ひめぐらしてゐる。この「述懐」の歌についてはのちに触れる。

院が定家の歌を読んで、ことのほか気に入つたといふ記事が、いくつか明月記に記されてゐる。《今度の歌殊に叡慮に叶ふの由、方々より聞く。道の面目なり。》（廿八日）、《夜に入り、隆信朝臣来談さる。和歌の事なり。「歌猶以つて殊に御感有り」と。》（九月八日）

それにしても院は、定家の歌を見た翌日、内の昇殿を許したのだから、いかにも青年らしく行動が素早い。院はこのあと深く深く歌の道に入つてゆく。正治二年は、院と定家が運命的な出会ひをした年であつた。

ついでに明月記の記事をもう一つ引いておかう。

《九月五日。大炊殿に参じ、御歌を給はりて之を見る。皆以つて神妙なり。秉燭の程、廬《いほ》に帰り又大臣殿に参ず。又御歌を見る。殊勝不可思議なり。》

歌人の多くは八月二十五日に百首を提出したが、身分の高い式子内親王や良経は締切日が少しあとだつたやうだ。式子は病中の身であつた。定家は二人の歌を拝見して、「神妙なり」「殊勝不可思議なり」と賛嘆してゐる。決してこれはお世辞でないだらう。

二十一、院初度百首

正式には「秋日侍　太上皇仙洞同詠百首応　製和歌」と難しく表記されるが、通称「院初度百首和歌」といふ。

この百首詠について、『拾遺愚草』では「正治二年八月八日追つて題を給ひ、同廿五日之を詠進す」との自注が書き添へられてゐる。八月八日追加で作者に加へられて題をいただき、同二十五日これを詠進した、の意。明月記の記事と正確に一致する。制作期間わづか半月ぐらゐで百首の歌を詠むのだから、昔のプロ歌人はやはり凄い。

百首の構成は、春二十首、夏十五首、秋二十首、冬十五首、恋十首、旅五首、山家五首、鳥五首、祝五首となつてゐる。何事にも主導的に行動する後鳥羽院だから、この構成も自分で決めたのではなからうか。ごく普通の構成であるが、鳥五首といふのが珍しい。後日、この題詠が定家に幸運をもたらすことになる。

さて、作品を見てゆかう。

梅の花にほひをうつす袖のうへに軒もる月の影ぞあらそふ

「春」の歌。梅の花の香が袖に沁み入る。そこに軒先から月光が差し込んで、争ふかのやうに袖を照らしてゐる、といふ歌である。

これは具体的にどんな場面であらうか。室内に衣桁《いかう》のやうな物があつて、美しい衣装が掛けられてゐる。人は眠つてをり、物音もしない。どこかから梅の香が漂つてきて袖に沁み、その香と争ふやうに月光が軒から差し込む。私はそんな情景を想像する。眠つてゐるのは女性であらう。絢爛たる衣装と、梅の香と、月光を取合せた、妖艶で静謐な歌である。

これを第一の解釈とすれば、別に第二の解釈もある。有名な伊勢物語・第四段の恋物語と重ね合せて、この歌を読むのである。第四段は、およそ次のやうな話である。ある高貴な女性に恋をした男がその家を訪ねたが、彼女は遠い所へ身を隠してしまふ。一年後、ふたたび男はその家を訪ねる。ちやうど梅の花盛りであつた。だが家は無人のまま荒れ果て、男は「打ち泣きて、あばらなる板敷に月のかたぶくまで臥せりて」、去年を思ひ出しながら次の歌を詠む。「月やあらぬ春や昔の春ならぬわが身一つはもとの身にして」。

定家は、〈この男があばら家の板敷で泣いて袖を濡らし、その袖に梅の花が匂ひを移す。そして軒先から月光が差し込んでゐる場面〉を想像してこの歌を詠んだ。かう考へるのが第二の解釈である。この方が多数派の読み方かもしれない。歌を複雑に読まうとすれば、こちらの解釈になるだらうし、歌を単純に読まうとすれば先の私のやうな解釈になるだらう。のち新古今集に入集した定家代表作の一つ。

荻の葉もしのびしのびにこゑたててまだきつゆけきせみの羽衣《はごろも》

「夏」の歌。上句は、荻の葉も忍ぶかのやうに風に揺れてかすかな音を立てる、の意だらう。夜明け方、羽化したばかりの蟬が荻の葉にすがつたまま、露に濡れてゐる。蟬の季節は過ぎようとして、野は朝の静寂に包まれてゐる。ただ荻の葉がそよぐのみ。

夏といつても晩夏の歌である。事実この歌は「夏十五首」の十三番目に置かれてゐる。喧騒の季節から静かな凋落の季節に入らうとする、その境目あたりの自然の景を切り取つて手際よく詠み、味はひのある歌となつてゐる。ここで「せみの羽衣」は蟬の羽、の意である。決して蟬の脱いだ羽衣（すなはち空蟬）ではない。

冬はまだ浅葉《あさは》の野らにおく霜の雪よりふかきしののめのみち

「冬」の歌。「くれなゐの浅葉の野らに刈る草《かや》の束《つか》の間《あひだ》も吾《わ》を忘らすな」（万葉集、二七六三）の本歌取である。「浅葉」は地名だらうが、所在不詳。

「冬はまだ浅葉の」は、冬はまだ浅く、の掛詞。冬に入つて日も浅いのに、今朝は深い霜がおりて積雪と紛ふばかり。「しののめのみち」は、男が帰つてゆく後朝《きぬぎぬ》の道を連想させる。本歌は恋の歌であつたが、これも恋の気分を漂はせた歌となつてゐる。いや、恋といふよりも、しののめの道をゆく人間の根源的な孤独感をゑがいた歌、といつた方がいいやうな気がする。

山がつのあさけの小屋に焚く柴のしばしと見ればくるる空かな

「冬」の歌。朝、山びとの小屋で柴を焚く煙が見えてゐたが、しばらくすると、もう日が暮れてゐる、といふ歌である。上三句「……焚く柴の」までは、「しばし」を引き出す有心の序。手馴れた詠みぶりだが、「冬＝短日」といふ題意をうまく実景に置き換へてゐる。

駒とめて袖うちはらふかげもなし佐野のわたりの雪の夕暮

「冬」の歌。一人の貴公子が馬に乗つて佐野の渡し場まで来たが、あたりは一面の雪景色で、馬から下りて袖の雪を打ち払ふ物陰もない。雪はしんしんと降り続き、日暮れが迫つてゐる。
荒涼とした雪の景だが、貴公子の姿が一点、その中に美しく映える。背景が荒涼としてゐるからこそ、いつそう貴公子の姿が華麗なのだ。しかし、その姿もやがて夕闇に呑まれようとしてゐる。定家以前にこんな荒涼美をうたつた歌人はゐなかつただらう。
私は、「駒とめて袖うちはらふ」の主語として貴公子を想定したが、主語は「われ」だと解する読み方もあらう。ただ、さう読むと荒涼美は薄れて、心細さが強く出た歌となる。

いふまでもなく「苦しくもふりくる雨か三輪の崎佐野のわたりに家もあらなくに」（万葉集・長忌寸奥麻呂）の本歌取である。定家は、本歌の「雨」を「雪」に変へ、また、本歌にない「駒」「夕暮」を入れて斬新な歌を創りだした。本歌取の白眉として知られる歌である。「三輪の崎佐野」は和歌山県新宮市三輪崎にある地名。なほ「佐野のわたり」は佐野の渡し場と解したが、佐野のあたり、と解することもできる。

しろたへにたなびく雲をふきまぜて雪にあまぎる峯の松かぜ

「冬」の歌。峯の上空にたなびく雲は、雪を交じへ、まさに白たへの色をしてゐる。その雲が峯の松に吹き降ろし、あたりは雪が霧《き》らつたやうに白くおぼろにかすんでゐる。

真冬の自然の厳しさをリアルにゑがき出してゐる。定家はどちらかといへば、木々のさかんな若葉青葉などよりも、厳冬の荒涼たる景を詠む方が得意だつたのかもしれない。

浪のうへの月をみやこのともとして明石の瀬戸をいづる舟人

「旅」の歌。海の上に月が出てゐる。その月を友として明石海峡を通り過ぎ、船人たちは西海をめざす。月だけは都と変らず、船人たちを慰めてくれる。

特に優れた旅の歌といふわけではないが、昔の人が日々の生活の中だけでなく旅先でも月の光を愛でたことが分かる作品である。

庭の面《おも》は鹿のふしどと荒れはてて世々ふりにけり竹編める垣

「山家」の歌。この家の庭の面は、鹿が自由に出入りして寝床にしてゐるので荒れ放題。いつしか年月も経ち、竹で編んだ垣はすつかり古びてしまつた。
　鹿が庭を往き来することはあらうが、寝床にするかどうか、かなり誇張した表現である。荒れ果ててゐる方が「山家」の風趣に富むので、定家もこんな歌を詠んだのである。ただし定家自身、荒れた山家への憧憬をもつてゐたことは確かなやうだ。「竹編める垣」が具体的でいい。なほ「世々」は、「竹（の節々《よよ》）」を連想させる縁語。

百首歌の終り近くに、「鳥五首」がある。それを全てここに掲げよう。

やどになく八声の鳥は知らじかしおきてかひなきあかつきの露
手なれつつすゑ野をたのむはし鷹の君の御代にぞあはむと思ひし
君が世に霞をわけしあしたづのさらに沢辺の音《ね》をや鳴くべき
如何《いかに》せむつら乱れにしかりがねの立ちども知らぬ秋の心を

わが君にあぶくま河のさよちどりかきとどめつるあとぞうれしき

順に鶏・はし鷹・鶴・雁・千鳥が詠まれてゐる。ごく簡単にそれぞれの歌意を見てゆかう。

第一首。わが家でしきりに鶏が鳴いてゐるが、鶏は知らないだらう。暁の露は置いても甲斐なく直ぐ消えることを。「八声」は、しばしば鳴くこと。「おきて」は、「置きて」と「起きて」を懸ける。したがつて歌の裏には、「私は起きても甲斐がない」の意がこめられてゐる。

第二首。だんだん人に慣れて狩ができるやうになつた「はし鷹」は、野の果へ飛び立つ力も身につけました。今は、立派な主人を待つばかりです。「すゑ野」は、鷹を手に「据ゑる」と「末野」を懸けてゐる。

第三首。君が世に霞を分けて飛んだ鶴が、さらに芦辺にくだつて、身の不遇を鳴いてゐなければならないのでせうか。歌の裏の意は、「かつてわが君の御代に昇殿を許された私が、なほ新帝の御代において地下《ぢげ》の嘆きをしなければならないのでせうか」。

この歌には、かつての或る事件が大きな影を落としてゐる。二十四歳のとき定家は自分のことをからかつた少将源雅行を脂燭《しそく》で打ち、除籍された。俊成はせつせつたる調子で嘆願の手紙を書き、終りの方で「あしたづの雲路まよひし年暮れてかすみをさへやへだてはつべき」といふ歌を添へた。その歌を踏まへて、右の第三首はある。

第四首。いかにすべきでせうか。秋になつて列を乱して飛んで来た雁は、一体どこに立つてゐればいいのか、迷ふばかりです。「秋の心」は、「愁」といふ字を分解したものであらう。歌の裏の意は、「友に遅れて、官位の上がらぬ私は居場所がありません。私の心は、愁ひでいっぱいです。」

第五首。すぐれたわが君の御代に遭遇し、阿武隈川の小夜千鳥が砂地にしるす足跡のやうに、百首歌の中にわが拙い歌を書きとどめることができましたのは、まことに嬉しいことでありますす。「あぶくま河」は、むろん「わが君に遭ふ」と「阿武隈川」を懸ける。

このやうに五首ともに鳥が詠み込まれてゐる。しかし鳥そのものを詠まうとする姿勢は稀薄、あるいは皆無と言つていい。どの歌も、鳥に託して自分の気持を詠んでゐるのである。

百首歌の構成をもう一度見よう。春、夏、秋、冬、恋、旅、山家、鳥、祝である。この中で、いかにも鳥だけが異質である。百首歌のオーソドックスな構成からいへば、ここは「鳥」でなく「述懐」の歌が来るべきなのだ。定家はちやんとその点を心得て、述懐歌を詠んだのである。別の立場から見れば、ここに「鳥五首」を設定した後鳥羽院（?）は、「鳥を素材とした述懐歌」を期待したわけである。定家はみごとにそれを実現した。歌の内容は右に見た通りで、定家はひたすら身の不遇を嘆き、また院を聖君として讃へ、院の厚き加護あらむことを願つてゐる。そしてこの五首は、即効をあらはした。前に述べた通り、明月記にかう記されてゐる。

《八月廿六日。頭弁書状を送りて云ふ、「内の昇殿の事、只今仰せ下す所なり」といへり。（中略）夜部《よべ》の歌の中に地下の述懐有り。忽ち憐愍有るか。》

百首歌を制作してゐる時、定家はこの「鳥五首」だけを自筆で記し、ところどころ趣意を注して俊成に送り、校閲を請うた。その紙に俊成は評語を加へて、定家に返してゐる。来書に返事を書き入れたものを勘返状《かんへんじやう》といふ。久保田淳著『藤原定家』が、その勘返状の内容について詳しく述べてゐる。ともあれ、俊成・定家親子は「鳥五首」の重要さを自覚し、〈歌の芸術性〉よりも〈歌の、院に対するメッセージ性〉をひたすら検討し合つたのであつた。

二十二、奔流の、始まり

これまで見て来たやうに定家は正治二年（一二〇〇）八月、曲折を経て「院初度百首」の作者に加へられ、ぶじ百首を詠進し、その中の「鳥五首」が院の叡感に触れ、再びの昇殿を許された。

二ケ月後、喜ばしい事がもう一つ出来《しゅったい》した。十月十二日の明月記に言ふ。

《十二日。雨脚霏々たり。今日内府、和歌の興有りと。入道殿、請ひに依り向ふべきの由、仰せ有り。予、同じく供奉すべしと。但し、心身極めて悩み、有りて亡きが若《ごと》きの間、今朝其の由を申し了んぬ。》

今日、源通親邸で和歌の会が催される。入道殿（俊成）も請はれてお出かけになられる由。私にも、参加せよとの通知が来たが、心身ともに不調で、まるで有りて亡きが如き状態なので、今朝その旨を伝へた。

つまり定家は病気を理由に不参を決め込んだのである。しかし、その後何度も招請の書状が来た。せめて歌だけでも出してほしい、と言はれ、定家は仕方なく「腰折れ」二首を送つた。

いふまでもなく通親は、かつて兼実を失脚させた政治家であり、また歌人としては六条家の後援者である。御子左家の定家からすれば、顔も見たくない男であらう。このころ通親邸では月々、影供《えいぐ》歌会が催されてゐた。尊むべき歌人の肖像に供物をささげ、その前で歌会を開くのが影供歌会である。六条家では柿本人麻呂像を掲げるならはしだつた。これは六条家の伝統行事で、通親は影供歌会の熱心な推進者であつた。右の「和歌の興」とはその影供歌会のことである。

雨の中、老いた俊成は出かける。敵と対立してばかりゐては不利を招きかねないから、表面はおだやかに、といふのが俊成の態度であつた。いはば外柔内剛の人である。父に比べて定家の行動はいつも柔軟性に欠け、頑なである。通親側もそのことをよく知つてゐて、定家がどう対応するか、わざと試すやうな気持でしつこく催促したのかもしれない。歌を使ひに持たせたあと定家は眉をしかめて舌打ちし、一方、通親や六条家の歌人たちは定家から届いた歌を見て鼻で笑ふ、といふやうな場面が目に浮かんでくる。

初冬

このごろの冬の日かずの春ならば谷の雪げにうぐひすのこゑ

時雨

山めぐりしぐれや遠《をち》に移るらむ雲まちあへぬ袖の月かげ

これが定家が提出した二首である。『拾遺愚草』（下）に「正治二年毎月歌《つきごとのうた》召されし時」といふ前書を付けて収めてある。定家の作としては、可もなく不可もないといふ程度のものであらう。一首目は、「このごろ、冬なのに暖かい小春日和が続いてゐて、もしこれが本当の春ならば谷間の雪解も始まり、鶯の声が聴かれるでせう」の意。

定家には知らされてゐなかつたが、当日の影供歌会（歌合）には、後鳥羽院が内密に臨席してゐた。翌日の明月記に言ふ。

《十三日。夜前《やぜん》密々に内府の影供に御幸ありと。（中略）当座の歌合有り。此の事の外、聞き及ばず。（中略）兵衛大夫家長示し送りて云ふ、「夜前の初冬、予の歌殊に叡感有り。其の座にて負け了んぬ。召し寄せて勝に定めらる」と。存外の面目なり。但し狂歌なり。御感を慮《おもんぱか》らず。冥加と謂ふべし。》

家長からの知らせによれば、昨夜の歌合で定家の歌は負となつた。しかし、院が初冬の歌を気に入られ、わざわざ取り寄せて勝になさつた、といふ。

定家は「存外の面目なり」と喜ぶ。ただ、あれは狂歌みたいなもので、院が御覧になるなど予想もしなかつた、と記してゐる。「但し狂歌なり」とはどんな意味合ひなのであらうか。定家は「狂歌」といふ言葉をときをり使ふことがある。むろん、ふざけて詠んだ歌といふ意味ではなからう。正風とはいへない、手すさびに詠んだ軽い歌、ぐらゐの謙辞であらうか。

右の初冬の歌、よく読むと、〈いま冬でありながら小春日和のやうな日が続いてゐるが、これが本当の春だつたら……〉の部分は、〈長いあひだ私は不遇を嘆いて居りましたが、先ごろ叡慮によつて昇殿を許され、いま小春日和のやうな恵みを感じてをります。もし今後、更なる叡慮によつてまことの春を迎へることができましたならば……〉の意味にも読める。定家は「御感を慮らず」と記してゐるが、少なくとも院の立場からはさう読むことが可能である。定家はなかなか可愛い奴、と院は思つたのではないか。実際、そのことを証拠立てる事柄がまもなく起こる。十月二十七日、定家の位階が引き上げられるのである。

《廿七日。女房丹州の許より、「慶び神妙」の由、示し送る。驚きて其の事を相尋ぬるの処、「一階を叙す」と。忠弘を以つて聞書を伺ひ出して披き見る。已《すで》に名字を載す。此の条、今に於いては沙汰の限りにあらず。又所存有りて本望無し。然れども内外に冥顕《みやうげん》し、一言の望みをも出さずして朝恩に預かる。叡慮の趣、極めて以つて忝し。御好道の間、述懐の歌に猶憐愍《れんびん》有るか。》

不意に定家は正四位下に叙せられた。予測しなかつた出世である。「冥顕」は、はつきりと言葉に出さずとも、ちらちら顔色に出る、ぐらゐの意。

後鳥羽院が和歌の道を好まれるゆゑに、わが述懐の歌に憐愍の情を抱かれたのであらうか、と定家は推測してゐる。やはりあの初冬の歌が叡慮にかなつたのだらう。続いて明月記は記す。

《(中略)年来沈淪し、出仕極めて厚顔なり。是れ身に過ぎたるに依るなり。人を怨むべからず。而も今忽ち望みを出さず一階に預かる。旧労空しからず。極めて心忝し。之を以つて争《いか》でか奉公を励まざらめや。》

手放しの喜びやうである。定家は感激居士でもあるのだ。かういふ面を見ると、ちよつと憎めない人物、といふ感じがする。

ここで、定家中心でなく、後鳥羽院を中心にして、この年から翌年にかけての出来事を眺めて見よう。

○正治二年（院二十一歳、定家三十九歳）

八月、院、「初度百首」を企画し、作者の中に定家を追加する。

同月、定家、「初度百首」を詠進する。

同月、院、その内の「鳥五首」に感じて定家の内昇殿を許す。

九月、院、「仙洞十人歌合」を催し、作者に定家を入れる。

十月、院、当座の歌会に定家を召す。

同月、院、影供歌合の定家作を勝にする。

同月、院、定家を正四位下に叙す。

○建仁元年（院二十二歳、定家四十歳）

二月、院、「老若五十首歌合」を催す。

六月、院、「千五百番歌合」を企画し、定家ら三十人の歌人に各百首を作らせる。

七月、院、和歌所を設け、歌会を開く。定家、講師を勤める。

同月、院、定家に和歌所寄人を命ずる。　（以下略）

ざつとこんな具合である。若き後鳥羽院は正治二年から急速に歌に接近し、有力歌人たちを召集して歌を作らせたり、また歌合を催したり、自らも歌作に打ち込むやうになる。その動きは、何かを目指して次第に渦巻きながら激しく流れ始めた河のやうに見える。その過程で、院は渦の中に定家を引き込んでゐるのだ。少し先回りしていへば、院は遠からぬ日に壮大な勅撰集（のちに新古今集と名づけられる）を制作しようと走り出してゐたのである。院の眼から見ると、定家はその勅撰集を実現するために〈良き歌人〉〈良き助手〉として映つた。しばしば定家を引き立てたのは、さうした目論見があつてのことであつたらう。

定家は院の胸中を知るべくもない。ただ、叡慮による身の栄進に熱く感激してゐるのである。しかし、定家は院にもてあそばれたわけでは決してない。徐々に定家は院の激しい動きに巻き込まれながら、自身も、より大きな渦となつてゆくのである。

話を正治二年に戻す。右に記した「十月、院、当座の歌会に定家を召す」といふ項目は、このころの院と定家の関係を象徴するやうな出来事である。明月記にその日の記録があるので、やや長いけれど少しづつ抜き出してみよう。

《十月一日。天晴る。召しに依り御前に参ず。（大臣殿おはします。）夜前の事等を申し、形の如く歌等を書き取り御覧を経《ふ》。仰せて云ふ、「汝の歌、尤も宜し」と。》

前日、院主催の当座歌会が催された。当座歌会とは、その場で題を出す歌会のこと。院は多くの歌人を召し集め、題を出して歌を詠ませ、それらの歌を番《つが》へて歌合を催したのである。評定は通親、判は俊成が勤めた。集まつた人の中には鴨長明もゐたが、定家は何の感想も記してゐない。あまり関心がなかつたのだらうか。定家の歌は二首が負、一首が持であつた。歌合は鶏鳴（丑の刻、深夜二時ごろ）まで続いた。右の記事は、その歌合の様子を良経に報告してゐる箇所である。自他の歌を定家は詳しく記録してゐるが、これも九条家の家司《けいし》としての大事な仕事なのだ。お前の歌いいぢやないか、と良経は慰めてゐる。明月記の記事は次のやうに続く。

《昏黒に退出す。六条の辻を過ぐるの間、院より御教書到来す。「御会有り。只今参入すべし」といへり。仍りて轅《ながえ》を北にし馳せ参ず。即ち題を給ふ。「初冬の嵐」「枯野の朝」「夕べの漁舟」。形の如く篇を綴りて進め入る。番を結ばると。俄かにして家長を以つて召し有り。小御所に参ずべしと。御眼前の燈下に参ず。》

暗くなつて退出すると、途中、院からお達しが来て、急いで馳せ参じた。歌会があり、題を出された。歌を提出すると、結番が行はれたが、待機してゐる間、呼び出されて、院の御前に参上したのである。左右には公経・範光・雅経らが伺候してゐた。緊張する定家に対して、

《仰せに云ふ、「カヽル所へ参入す、所存憚る無く申すべし。申さずば其の詮無し。汝が所存を以つて聞こし召さんがために故《ことさ》らに今夜召さるる所なり」と。目眩《めくる》めき、転《うた》た心迷ふ。》

今から見れば大歌人の定家も、若いとはいへ権力の頂点に立つ後鳥羽院の前では、目が眩んで、どうしていいか分からない状態であつた。定家は、歌の批評と判を命じられる。気を取り直して定家は院の仰せに従ふ。

《衆談判といへども、大略定め申す。次いで仰せに依り詞を書く。此の事凡《およ》そ周章すといへども、只勅定に随ふのみ。》

衆談判（ふつう衆議判といふ）は、判者を決めず、左右の方人が議論して勝負を決めること。さうであるのに、定家はほとんど自分で判を下してしまふ。目がくらくらしてゐたくせに、いざ本番となると強い個我《こが》が露呈するのである。命じられて判詞も書く。このあとが面白い。

《次いで作者を顕《あらは》し、重ねて之を読む。其の恐れ多し。但し、御製に負無し。之を以つて冥加と為す。》

作者名を伏せたままの状態で判を下し、判詞を書き、そののち作者名が発表される。作品の中に御製（三首）が混じつてゐるから、気が気ではない。しかし幸ひなことに御製を負にしてはゐなかつた、と定家は胸を撫でおろしてゐる。定家の危惧は尤もなことである。もし院の作を全て負にしてゐたら、明日から召しの沙汰が無くなる恐れがあるのだ。さうなれば忽ち二流の歌詠みになり下がるだらう。歌合において判者が判を下す瞬間は、心臓が最も緊迫する一瞬である。この時、御製三首に対する定家の判はたぶん勝二首、持一首だつたと思はれる。

引き続いて、その日二回目の歌会が開かれる。題は「社頭の霜」「東路の秋月」。一回目と同じやうに進行し、また判を下す。今度も御製に負は無かつた、と定家は喜ぶ。事が終つて院は奥へ引き上げられ、定家も退出する。明月記は最後にかう記す。

《今夜の儀、極めて以つて面目と為す。存外なり、存外なり。忝し、忝し。》

このころの定家の心は、天候でいへば晴であつた。とはいえ、次章で記すやうに晴ばかりではなかつた。曇もあり、雨もあつたのである。

二十三、「老」の定家、「若」の後鳥羽院

この年（正治二年）、定家は歌人としての運勢は上向きになつた。しかし経済的な面を見ると、荘園からの収入は相変らず不安定で、暮らし向きは楽ではなかつたやうだ。定家所有の荘園は、近江・伊勢・播磨・下総・越後・讃岐など各地に分散し、きちんと管理するのは困難であつた。荘園を支配してゐるのは現地の荘官、つまり地頭や眼代《がんだい》（地頭の代理）である。彼らは荘園からの上がりを勝手に横領した。閏二月四日、小阿射賀《こあさか》（伊勢にある定家の荘園）に遣はした使ひが地頭に追ひ返されたことは既に述べたが、それ以外にもたびたびトラブルがあつた。明月記から荘園関連の記事を拾つてみよう。

《正月十三日。今日、三崎荘の物、適々《たまたま》到来す。不法奇怪なり。》

三崎荘は下総にあつた荘園である。到来した物が乏しいので、けしからんと定家は怒つてゐるのだらう。

《七月廿一日。小阿射賀の沙汰する者来たり、「地頭の張行《ちやうぎやう》不当」の事等を告ぐ。下文《くだしぶみ》を成

して下し了んぬ。》

張行とは横暴なふるまひのこと。小阿射賀の実務係が来て、「地頭の張行は、まことに不当です」と告げたので、下達の文書を書いたのである。むろん、その効果など期待できないのだが。

《八月四日。「三崎荘の地頭の間《かん》の事、折紙を書きて進むべし。鎌倉に仰せ遣はすべし」の由、景親を以つて殿の仰せ有り。》

これは、殿（良経）が定家に同情して、「三崎荘の地頭の不当なふるまひの事を折紙（消息に用ゐる紙）に書いて持つて来なさい。鎌倉の役人に届くやう手配してあげよう」と言つてくれたのである。「書き進《まゐ》らすべきの由、申し了んぬ」と定家は記してゐる。

《八月十二日。未の時許りに小阿射賀の沙汰人、百姓等を引率して来たる。》

詳細は不明だが、小阿射賀に揉め事が起きて、実務係が百姓を連れて定家宅に来たのである。

《八月廿八日。「小阿射賀の新地頭、改め補す」の由、中将消息有るの間の事なり。》

例の横暴な地頭が追放され、新しい地頭が着任することになつた、と中将（定家妻の兄・公経）から知らせが来た。しかし定家はそれに対して何の感想も記してゐない。どうせ良心的な地頭などゐない、と諦めてゐたのであらう。

《九月廿二日。小阿射賀の厨官《くりやつかさ》等、例の地頭に依り昨日上洛す。今日、文義を以つて召し問ふ。》

厨官が、新しい地頭に何か不満があつて定家をたづねて来たのだらう。定家は身も心も休まるひまがない。

《十一月四日。大社荘適々《たまたま》音信す。済す所乏少、有りて亡きが若《ごと》し。又風損の由を称す。子細を知らざるの上、擅滅《せんげん》の沙汰か。》
越後の大社荘から報告が届いた。「今年の収穫は僅かで、あつて無いやうなものです。また、風の被害もありました」云々。子細が分からぬ定家は「擅滅の沙汰か」と嘆く。収穫物をほしいまま掠めて減らす者がゐる、と疑つてゐるのだ。
このやうに定家は、絶えず地頭たちの濫妨《らんばう》（掠奪）に悩まされてゐた。たとひ歌人としての評価が高まつても、それに応じて収入が増えるわけではなく、やはり経済的には荘園に頼るほかない。にもかかはらず実態は右の通りであつた。伊勢の小阿射賀は特に悩みの種だつたやうで、十二月二十八日にも《勢州の使、帰り来たる。絹一寸も相具せず。地頭猶奇怪と。雑物許り適々持ち来たる》と記してゐる。こんなハンパ物ばかり持つてきても仕方がない、と顔をしかめてゐる定家が目に浮かぶ。
かうした「地頭奇怪」の記事に混じつて、をりふし式子内親王（大炊殿）の病状を案ずる記事が見える。かつて引用したこともあるが、重複をいとはず掲げてみよう。
《九月九日。大炊殿、昨日より殊に重く悩ませおはしますと。去る二日より御鼻垂れ、此の両三日温気《うんき》と。》
病名は不明だが、床に臥してゐるのであらう。鼻水が垂れ、熱がある。このあと式子についての記事はしばらく途絶え、再び登場するのは十二月五日で、《大炊殿の御足、大いに腫れおはします》とある。そして二日後に治療のことが記されてゐる。要点を意訳してみよう。

「大炊殿の病は重いらしい。今日、お灸を据ゑたといふ。そんなことをしていいのだらうか。近年の医者は頼りにならぬ。雅基は、熱があるのだから冷やせばいいと言ふ。頼基は、これは風邪と脚気である、と言つたが用ゐられなかつた。午ごろお灸が始まつたが、熱いと感じない、とおつしやられたさうだ。」

熱いお灸を、熱いと感じない。これは病状の進行を暗示してゐるやうで、不気味である。

《十二月廿六日。天晴る。大炊殿に参ず。御足の事、大略御減の由、医家申す。喜悦極まり無し。》

病状は回復したと医者は言ひ、定家も素直に喜んでゐるが、じつは死期はすぐそこに迫つてゐた。

明けて正治三年、定家は四十歳となる。この年は、二月十三日に改元され建仁元年(一二〇一)となる。「千五百番歌合」が催される重要な年である。

一月二十五日、式子内親王つひに薨去。生年が不明のため年齢不詳だが、享年およそ四十九ぐらゐと言はれる。

明月記は一月と二月を欠く。だから定家が式子の死をどう受け止めたか、残念ながら不明のままである。翌年(建仁二年)一周忌が営まれ、明月記は次のやうに記す。

《正月廿五日。天陰り、雨降り止む。午の時許りに束帯し、大炊御門の旧院に参ず。今日、御正月なり。入道左府(藤原実房)経営さると。彼の一門、人済々たり。予、交衆せず、尼に謁

す。》

この「御正月」は祥月のこと。人々がたくさん集まり、麗々しく法要が行はれたが、定家はそこに交じらず、尼（姉、竜寿御前）に謁してゐる。たんたんとした記述であり、定家の内心を推し量ることはできない。ただ、短く「予、交衆せず」と言つてゐる所に、気持がかすかににじんでゐると読むこともできよう。

歌道に熱中し始めた後鳥羽院は、この年新たに「老若五十首歌合」を企画する。作者は計十名。それを老若に分けて歌合を行ふ。このころの概念として、老若の境ひ目は四十歳だつたやうだ。作者名とその年齢を左に記しておく。＊印は、大まかな推定年齢である。

〔左方＝老〕　〔右方＝若〕
忠良（三十八歳）　女房（二十二歳）
慈円（四十七歳）　良経（三十三歳）
定家（四十歳）　宮内卿（＊二十歳）
家隆（四十四歳）　越前（不詳）
寂蓮（＊六十歳）　雅経（三十二歳）

女房とは後鳥羽院のこと。宮内卿と越前が抜擢されてゐるのは、女流歌人を育てようといふ院の気持の現れであらう。越前は生没年不詳だが、当時むろん若かつた筈である。

五十首の構成は、春夏秋冬雑それぞれ十首である。一月下旬に各作者が五十首を提出し、二月に入つて結番が行はれたらしい。そして二月十六日及び十八日の二日間、評定がなされ、勝ち負けを付けたことが、『後鳥羽院御集』に記されてゐる。歌数は全部で五百首もあるから、評定加判に時間がかかる。二日を費やしたのも当然であらう。判者は不明で、判詞も残つてゐない。加判の方法は、「おそらく、院の発言力の強い衆議判（合議のうえの加判）だったのであろう」と久保田淳氏は推測してゐる（『藤原定家』）。

二百五十番の組合せで、一番一番に勝ち負けが付けられる。優劣付けがたい時は持《ぢ》となる。これは老若対抗の歌合だから、ベテランの「老」（左方）が勝ち越してゐるだらうと思ひ、勘定してみた。すると、意外にも「若」（右方）が勝一二二、負六七、そして持六一であつた。大相撲でいへば十勝五敗ぐらゐに相当する好成績である。その中で院の五十首は次のやうな成績を残してゐる。〇は勝、●は負、×は持。

春	×〇〇〇〇〇〇●〇×
夏	〇〇×●×〇〇〇〇〇
秋	〇×〇〇〇〇〇〇〇×
冬	〇〇〇〇〇〇〇〇●●
雑	〇〇●〇〇〇×〇〇×

スポーツふうな言ひ方をすれば、三十七勝五敗八引分といふ圧倒的な成績である。こんな〈強力〉な作者が混じつてゐるのだから、右方は初めから有利なのである。

後鳥羽院は確かに優れた若手歌人である。だが、それだけでこんな好成績を上げられるわけではない。当時は、「高貴な人の作は勝にする。なるべく負にしない」といふ暗黙の了解があつたはずだ。衆議判で、まさか院自身が自分の歌を勝にすることはないだらう。しかし十人の作者がお互ひにお互ひの作品を評定してゐる過程で、院の作はそれとなく判つてくる。判れば、さりげなく勝にする。そして時折り、あへて負にする。そのやうな意識的操作が行はれた結果、右のやうな成績となつたと考へられる。

一方、定家の歌はどうであつたか。番《つがひ》の相手別に勝敗を眺めると、次のやうになつてゐる。

〔相手〕	〔定家から見た勝ち負け〕
後鳥羽院	●●○●●●●○●●
良経	○●●●●●●●××
宮内卿	●×○×●○●●●○
越前	●○×●○●○●●●
雅経	●●○××●●●●●

結果は十勝三十三敗七持。大相撲でいへば、四勝十一敗ぐらゐであらうか。非常に成績が悪い。歌歴二十年以上の定家が後輩たちに大負けしてゐる。身分上、院や良経に負けるのは仕方がないけれど、他の三人にも圧倒されてゐる。しかし宮内卿・越前は院が抜擢した女流であるし、雅経も院の近習である。つまり、この三人は院のお気に入りなのだ。だから左方（老）から見れば、やはり勝を譲らなくてはならない作者なのだ。いつてみれば、右方が勝つのは初めから決まつてゐたやうなものである。定家の成績の悪さは、歌合における勝ち負けの判は必ずしも歌の良

し悪しだけで決まるのではなく、そこには作者たちの身分の上下や貴賤その他の要素が複雑に影響することを物語つてゐる。

なほ、雅経はやがて新古今集の撰者の一人となる人であり、後年、実朝と定家をつなぐパイプの役割も果した。また『後鳥羽院御口伝』の中で、「雅経は、殊に案じかへりて哥詠みしものなり。いたくたけある哥などは、むねと多くは見えざりしかども、手だりと見えき」と歌才を賞讃された歌人である。手だりは手だれ、上手の意である。

さて前置きが長くなつたが、「老若五十首歌合」の定家の歌を見てゆかう。

年の内のきさらぎやよひほどもなく馴れても馴れぬ花の俤

「春」の歌。「一年が始まつて二月三月はたちまち過ぎてゆく。桜の花も、やつと馴れたかと思ふころには、もう散つてしまひ、ながく楽しむこともできない。今はただ、心の中に花のおもかげが顕つのみ」ぐらゐの意。春があわただしく過ぎてゆくことを嘆く歌だが、「馴れても馴れぬ花の俤」が花の映像をほのかに呼び起こして、美しい。韻律もなめらかで軽快である。

この歌は、良経作「花の色はやよひの空にうつろひて月ぞつれなき有明の山」と番《つが》へられ、定家が負けてゐる。

さみだれの月はつれなき深山《みやま》よりひとりも出づる郭公かな

「夏」の歌。「五月雨のために月は姿を見せず、つれないことだと思つたが、代りに山から独りほととぎすが出てきた。闇の中にその鳴声がひびきわたる」。この「つれなき」は現代の私たちには通俗的に聞こえる言葉だが、それは別として、塗り込めたやうな闇の中にほととぎすの声がひびき、それをひつそりと聞いてゐる作者、といふ構図がいい。闇の中には、見えない雨、見えない月が存在する。

良経作「なほざりに袖のあやめをかたしきて枕も夢も結ぶともなし」と番へられ、定家の負け。しかし、のち新古今集に入集した。

二十四、後鳥羽院と〈遊び〉

ひきつづき、「老若五十首歌合」の定家の歌を見てゆく。

ゆふづくよ入る野の尾花ほのぼのと風にぞ伝ふさを鹿のこゑ

「秋」の歌。「入る野」は入野《いりの》に同じで、山裾に入り込んだ野をいふ。入野の用例として、万葉集に有名な「……多胡の入野の奥もかなしも」の歌がある。初句の「ゆふづくよ」は、夕月夜が入る、から「入る野」を引き出す序詞的な枕詞である。かつ夕月夜は実景であらう。夕月（三日月）が地平に沈むころ、野原の薄の群れに風が吹き渡り、その穂薄の揺れ方のやうにほのぼのと、牡鹿の鳴く声が風に乗つて遠くから伝はつてくる、といふ歌である。秋の情趣を湛へた風景を、姿よく、すつきりと詠ひ上げてゐる。

この作は、越前の「はかなくも雲のよそにぞ思ひけるなみだは袖に初雁のこゑ」と番《つが》へられ、勝となつてゐる。

外山《とやま》よりむらくもなびき吹く風に霰よこぎる冬のゆふぐれ

「冬」の歌。山の連なりは、人の住む里に近づくにつれて低い山となる。里近い山を外山（あるいは端山）と呼ぶ。日暮れどき、外山から風が吹き、群雲が里へ流されてくる。その風の中に、白い霰が混じつてゐるのが見える、といふ歌である。こごえるやうな寒い夕暮の、一種の〈荒涼たる美〉とでもいふべきものの発見がここにある。定家得意の領域である。

これは、女房（後鳥羽院）の「ときはなる松のみどりを吹きかねてむなしき枝にかへる木がらし」と番へられ、負となつてゐる。

秋津島外《ほか》まで浪はしづかにて昔にかへるやまとことのは

「雑《ざふ》」の歌。いま秋津島（日本）は四海《しかい》浪静かで、平和であり、そのため大和言葉も昔のやうに栄えてゐる、といふ歌である。「昔にかへるやまとことのは」は、定家の歌論書『近代秀歌』にある「詞は古きを慕ひ、心は新しきを求め……」といふ言葉を思ひ出させる。

雑の歌には、君（天皇）の御世を讃へる歌や、また己れの沈淪を嘆く歌がしばしば登場する。この一首は、国がよく治まり、和歌の道も盛んであることを寿《ことほ》いで、後鳥羽院を讃へてゐるのである。これは越前の「おもふこといつかなるべき五十鈴川たのみをかけて年はふりにき」と番へられ、負となつてゐる。

あふげどもこたへぬ空のあをみどりむなしく果てぬゆく末もがな

これも「雑」の歌。歌意は「仰ぎ見ても何も応へてくれない空は、ただ青緑色にむなしく広がつてゐる。わが行く末はそんなふうに空しく終つたりしないでほしい」。

前の「秋津島外《ほか》まで浪はしづかにて」の歌につづいて、この歌がある。つまり定家は、後鳥羽院を褒め称へたあと、つきましてはどうか私をお引き立てたまはりますやうに、と懇願してゐるのである。身分の高くない貴族は、こんな場を利用して自分を売り込むほかないのであらう。

なほこの作は、雅経の「住みなるるおなじ木の間に影おちて軒ばにちかき山のはの月」と番へられ、負となつてゐる。勝負《かちまけ》の判は必ずしも当てにならない、といふ例の一つである。

さて右の「老若五十首歌合」が開催されたのは建仁元年二月の中旬であつた。その前後、定家は後鳥羽院の水無瀬《みなせ》御幸に幾度か随行してゐる。つまり、このころから院が意識的に定家を身近に召して用ゐるやうになつたのである。まづ前年（正治二年）十二月下旬、定家は御幸に随行した。明月記は次のやうに記してゐる。

《十二月廿三日。天晴る。風烈し。巳の一点許り水干を着す。鳥羽殿に参ず。宰相中将〔公

経〕参会す。相共に参入す。人々前後に会合す。午終許りに御幸入りおはします。程無く御船におはします。》

巳は午前九時～十一時。「一点」は、その時間を四等分した最初の時刻をいふ。以下、船で川をくだり、水無瀬に向ふ。随行の近臣たちは、多人数だから何隻かの船に分乗しただらう。鳥羽殿から近いのは鴨川で、そこから川の旅が始まる。鴨川はやがて大堰《おほゐ》川と合流し、名前が桂川となる。その桂川がさらに宇治川と合流し、淀川となる。川はつぎつぎと名前が変るから、ややこしい。淀川が摂津国に入つて直ぐ、小さな水無瀬川がそそぎ込むのだが、そのあたりが水無瀬といふ土地である。「見わたせばやまもとかすむ水無瀬川ゆふべは秋と何思ひけむ」の作があるやうに、ここは後鳥羽院お気に入りの土地で、離宮がそこにあつた。現在、大阪府三島郡島本町に水無瀬といふ地名がそのまま残つてゐる。

向ひ風のため船はなかなか進まなかつた。やつと水無瀬の「津」（船着き場）に到着し、一行は騎馬で離宮に入る。

《暫く伺候すといへども、余《よ》其の要無し。遊君等《いうくんら》参じて郢曲《えいきよく》を発す。仍りて退下す。夜に入りて帰参す。奈良の猿楽法師原《さるがくほふしばら》、御前に参じて雑遊す。其の事を伺ひ見る。亥の時許りに退下す。山崎の油売小屋に宿す。》

定家は手持ちぶさたの様子であるが、院は遊女を呼んで郢曲をうたはせたり、また奈良の僧《そう》形《ぎやう》芸人に猿楽を舞はせたり、大いに別荘生活を楽しんでゐる。郢曲とは、神楽・催馬楽・今様・風俗歌《ふぞくうた》など、謡《うた》ひ物の総称である。その夜十時ごろ、定家はやつと解放され、隣町の山崎の油売小屋で眠つた。離宮に泊まれるのは、上級貴族だけなのであらう。〈遊び大好き人間〉の後鳥羽院に振り回される定家が何か哀れである。

それから約三ケ月後の建仁元年三月、また院は水無瀬に出かけ、十九日から四泊する。むろん定家も随行供奉しなければならない。院の遊びの様子を明月記から部分的に抽出しよう。

《十九日。（中略）御船を釣殿《つりどの》に著けて下りおはしまし、弘《ひろ》御所におはします。遊君両方に参著す。郢曲、神歌《かみうた》了りて退下す。》

この日は水無瀬に着いたばかり。宴遊の席も、遊女の歌だけであつさり終つてゐる。神歌は、神祇に関する謡ひ物。

《廿日。（中略）遊女著座し、郢曲せず退下す。今夜、白拍子合せ有るべし。申の時許りに退下す。（中略）秉燭以前に帰参す。白拍子始め了んぬる後なり。精撰十二人参ずと云々。一巡了んぬ。三人替りて数反《すうへん》舞ふ。（下略）》

白拍子合せとは、遊女たちに舞を舞はせ、歌をうたはせて優劣を決める遊びのこと。院は、大勢の中から撰んだ遊女十二人の舞を楽しんだ。たぶん眺めて楽しむだけでなく、その夜、気に入つた遊女に夜伽をさせることもあつただらう。

《廿一日。未の時許り釣殿に出でおはします。江口・神崎各々五人召し立てらる。今様各一首を合せらる。了りて退下す。申の時許り御馬におはします。忠信・有雅少将同じく騎馬す。》

この日は、遊女の里として有名な江口・神崎から呼び寄せた遊女五人に今様をうたはせてゐる。かと思へば、そのあと臣下を引き連れて乗馬に興じてゐる。

《廿二日。又釣殿におはしまし、御碁・御将棊あり。暫くありて入りおはします。遊女参じて著す。郢曲了りて退く。又御馬。有雅・親兼・忠信等供奉す。公経卿の馬を召して、騎しおはします。》

こんどは碁と将棊（将棋）である。そして遊女、郢曲。さらに再び乗馬。途中で他人の馬に乗り換へて遊んでゐる。院の行動はまさに自由奔放である。

この日、定家は何をしてゐたか。水無瀬に来てゐる人々の名前とその服装をこまかく観察し、明月記に記録してゐたのである。その部分を抜き出しておく。

《今日、伺候する人々、内府（白き小直衣）、皇后宮大夫（葛ケ長の水干）、左兵衛督（紺葛、丸の文）、宰相中将（綾木蘭地の水干、緒なり）、六角宰相（親経、褐の水干、毛葛の袴）、侍従三位（布経染め紺の水干。白き生裏）、新三位（仲経、白き水干）、大弐（白き両面の水干）、信雅朝臣（葛ケ長蘇芳の水干。毛葛の袴）。下官、隆清（紺布の水干）、親兼朝臣（紺の布衣、染の水干）、通光朝臣（白き水干、紐無し、ククリ閇《と》ぢざる服に依るなり）、親実朝臣（紺葛の水干、薔薇）、定通朝臣（白き両面の水干、之を閉づ。吉服なり）、長房朝臣（葛紺の水干、藤）、有通（藍摺りの水干）、有雅（紺葛の水干、紅衣）、通方（通光朝臣に同じ）、親定（葛ケ長の水干、青き衣）、忠信（白き両面の水干、紫巻染の色）、具親（ケ長の水干、紫唐の綾衣）、実信（白き両面の水干）、師季（青摺りの水干、金青六青の青子、紺葛の水干、紅衣）。》

伺候した二十三名の名前がきちんと書かれてゐて、それだけなら大して驚かないにしても、一人一人の服装が克明に注記されてゐることに驚嘆する。定家の記憶力はまことに素晴らしい。いま私たちは、たとへば二十数名の知人たちが花見の宴席に集まつた場合、その一人一人の服装を記憶することは不可能だらう。だいいち、そんな必要もない。しかし定家は、右のやうに人名と服装を詳細に書きとどめてゐる。なぜそんなことをしたのだらう？

宮廷関係の儀式が行はれる場合、そこに参加する貴族は服装や式次第をきちんと把握してゐないと、たちまちしくじつて貴族社会からこぼれ落ちてしまふ。下級貴族とはいへ、定家も貴族の端くれだから、抜かりがあつてはいけないと考へてゐる。そんな一種の強迫観念が右のやうな克明な記事を生み出したのだらう。さりげない顔つきで、まはりの二十数人の服装を観察し、それを記憶して明月記に記した定家は、何といぢらしい人物であらう。かうした記録は、歌人定家にとつては必要なくても、生活者定家にとつては大事な心覚えなのである。

最終日（二十三日）、一行は水無瀬をあとにして、帰洛の途につく。明月記の記事は天皇家の旅の様子を知るのに手ごろな資料だから、少し引用してみよう。

《廿三日。（中略）桂河を渡る。朱雀より北に行き、四条を東、壬生《みぶ》を北、二条大宮に於いて御車に移りおはしますの間、人々馬を下りる。公卿以下、猶騎馬にて参ず。（中略）三条東洞院に於いて車に乗り、家に帰りて沐浴す。夕べ御所に参上す。夜に入りて退下す。》

初めはまた船に乗り、桂川をのぼつてゆく。想像を混じへて言へば、そのあと鴨川に入り、どこかで下船する。陸路は騎馬である。後鳥羽院はたぶん輿であらう。一行は朱雀門まで行き、そのまま大路を北に向ふ。四条で東に折れ、壬生でまた北に折れ、二条大宮に着くと、院は牛車に乗り換へる。その間、臣下はいつたん馬から下りる。再び騎乗して御所に入る。

定家は帰宅後、沐浴して体を清め、また御所に出かけて伺候しなければならない。そして夜になつて家に帰る。寝る前に明月記を書いたであらう。まるで大企業の課長クラスの人（とても重役になれさうもない人）が、会社のために粉骨砕身《ふんこつさいしん》働いてゐるやうな、そんな印象がある。このとき定家四十歳。疲労困憊の状態だつたであらうが、これであと四十年も生きるのだから、芯は丈夫だつたのかもしれない。

院は遊び好きな人間である。翌年は、遊蕩三昧の状態になる。遊山《ゆさん》・博奕《ばくえき》・遊女遊び・蹴鞠・琵琶・闘鶏・賭弓《のりゆみ》・競馬《くらべうま》・水泳・囲碁・将棊など、さまざまな遊びを楽しんだ。院にとつて和歌も遊びの一つであつた。

定家にとつても和歌は心の遊びであつただらうが、しかし同時にそれは職業であつた。院の好んだ種々の遊びには無関心な、きまじめな歌詠みにすぎない。院のやうな多面的人間に随行して一日中、いや何日もそばに侍つてゐるのは、歌の家を背負つて生きなければならない歌詠みには苦痛であつただらう。ストレスは、溜り通しであつたに違ひない。定家は何によつてそれを解消したのか、私にはよく分からない。定家はあまり酒は飲めなかつたやうだ。あるいは、明月記といふ日録を克明に記すことが最大のストレス解消法だつたのかもしれない。

検印
省略

コスモス叢書第一一四八篇

二〇一八年十一月二十日　第一刷印刷発行
二〇一九年　六　月　一　日　第二刷印刷発行

明月記を読む
——定家の歌とともに（上）

定価　本体二八〇〇円（税別）

著　者　高《たか》野《の》公《きみ》彦《ひこ》

発行者　國兼秀二
発行所　短歌研究社
郵便番号一一二―〇〇一三
東京都文京区音羽一―一七―一四　音羽YKビル
電話〇三（三九四四）四八二二・四八三三
振替〇〇一九〇―九―二四三七五番
印刷者　豊国印刷
製本者　牧製本

落丁本・乱丁本はお取替えいたします。本書のコピー、スキャン、デジタル化等の無断複製は著作権法上での例外を除き禁じられています。本書を代行業者等の第三者に依頼してスキャンやデジタル化することはたとえ個人や家庭内の利用でも著作権法違反です。

ISBN 978-4-86272-600-1　C0095　¥2800E
© Kimihiko Takano 2018, Printed in Japan

明月記を読む

定家の歌とともに

上

高野公彦

短歌研究社